民國閨秀集

陸

徐燕婷 吴平 編著

上海古籍出版社

第六册

濮賢姮 撰

拈花小社遺稿

民國二十年（一九三一）鉛印本

提要

濮賢姮《拈花小社遺稿詩餘》

《拈花小社遺稿詩餘》，濮賢姮撰，與《拈花小社遺稿詩集》合刊爲《拈花小社遺稿》，民國二十年（一九三一）鉛印本。《拈花小社遺稿》前有萬繩栻序，蔣壽彤跋。朱慶瀾、孫寶琦、周自齊、胡升鴻、吴永、喬洪鈺、張栩、彭一卣、彭超、楊懿年、玉麟、路正歧、李丙元、汪廷燮、汪廷騄、潘李觀、炳熙、朱學詩、吴鳳昌、薛性、王掬月、汪涵等人題詞。詩詞合集，詩一卷，詩餘一卷。根據萬繩栻一九三一年序「比來濟南，溶生以重刊遺稿徵序於余，余未敢辭」可知，在一九三一年前，該詩詞稿應已有刊刻，故一九三一年版本爲重刊本。

濮賢姮（一八七四？—一九二三），字荔初，江蘇溧水（今江蘇南京）人，長沙蔣壽彤室。與其姐濮賢嫕、妹濮賢婔皆有才名。妹濮賢婔爲巴金的第二任妻子，有詩詞集《意眉閣集》。父親濮文曦，溧水士族，詩詞著作亦多。濮賢姮年少時隨父親游宦，因而眼界較爲開闊。縱觀其詞集，詞作雖無吟風弄月之作，但仍以感懷離别之作爲多。當然，前後期詞作也有一定的差異，前期詞中有一些傷春悲秋之作，清雅流美；後期詞中隨着外世戰事紛起，家國蕭條，詞中也融入了一種悲涼而深沉的愁緒。同樣還是寄懷離思或吟詠秋草、大雁等事物，却平添了一份蒼凉的意境。如《賀新凉·秋草》下闋：「天涯觸處傷離别。傍晚來，砧聲纔住，蟲聲轉切。回首河梁空涕泪，莽莽寒雲如昔。渾不辨，青鞋行迹。爲惜王孫歸信晚，縱平蕪，也作傷心色。霜重處，早頭白。」一詞雖以秋草爲吟詠對象，然字裏行間却融入了對身世的感懷、家國的感傷和年華虛度的無奈，不能以尋常的詠物詞目之。

拈花小社遺稿序

壬子後余識長沙蔣潞生觀察於兗州幕比屋而居晨夕與其因互叙先閥固世交也於是情益親得稔知其家世其夫人系出溧水濮氏晚近有青士先生以文學吏幹稱者即其世父也夫人嫻習詩禮摛藻能文既擅柳絮之吟更饒樛木之雅偶從潞生得聆斷句並皆佳妙清新可誦丁巳以還余蟄居津門與潞生跡遂疏癸亥春忽得夫人赴且媵以拈花小社遺稿一册因得窺其全豹讀其感懷八章乃知夫人固卓有懷抱者未可以尋常一切閨秀論也曾寄挽章云夫婿覓侯封屢從戎幕談心豔述翠樓佳句艱難悲國步枉負魯戈在手空留漆室微詞

溶生極以爲可對人輒稱之謂能盡其夫人比來濟南溶生以重刊遺稿徵序於余余未敢辭因詳叙其巳往並簡括其詞以冠其端曰詩者非可泛作也若其人性情中空無一物雖所作盈卷帙亦何取哉夫人詩詞無多而藴藉涵融有眞性情在時於字裏行間流露之耳尤見女德以祥淑爲主不以矜顯爲能當代提倡女學亟以俚語爲詩何嘗夢見乎此宜亟印之以爲之砭重光協洽上巳節後南昌萬繩栻徯園甫

跋

拈花小社吟草爲亡室濮夫人僅存之作濮爲溧水士族外舅行輩聯翩文苑分典天下郡邑政書之外詩詞著作亦多流風相承無人不解吟詠夫人爲　外舅幼筌公之女　公舉孝廉後奏調赴滇隨其　伯父青士公游宦川鄂汴洛習聞詩禮慧解日深迨　幼筌公出宰浙之新昌始從任所生平足跡歷覽名區心目爲開題詠極富年二十九來歸於余蘋藻修儀聿勤婦職苕榮流美足追古風時吟金屋之間深得玉臺之體江頭濯錦每思舊侶於深閨池上草馨恒憶同懷於遠道是又摛情在抱而生性工愁者矣昔余權知滋陽夫人偕輿之官提挈女

師廣闊橫宇盧元升座雲鬟執經及夫夢醒拈花淨參因果曉鐘未動遽脫塵軀寶鏡不光空留影像芬餘翎蕊忍翻匣裏遺香草拔芝荚猶憶夢中殘句死者已矣生者何堪雖舊稿大半遺忘而吉光幸存片羽爰成短跋並附題詞用付棗梨冀垂久遠覺潘岳之悼亡元稹之遣悲古今神傷固同一致耳辛未冬仲長沙蔣壽彤跋於濟南寄廬之思培書屋

拈花小社遺稿題辭

溧水濮荔初夫人長沙　蔣溶生觀察之繼室也其歿也存有拈花小社詩詞遺集因寄長句一律兼以塞其長拋玉軫之哀癸亥三月山陰朱慶瀾識於濱江軍次

珍浦從來最善詩更餘一卷碧雲詞才人苦奈天昇早古佛猶多出世悲忍使老懷傷奉倩儘留佳句續微之大明湖上春寒甚合是夫君腸斷時

杭縣孫寶琦

風絮吟成筆一枝也同道韞重當時魂歸紫府生香集人比黃花漱玉詞苦是長離留翠羽定因忉利住蛾眉竹山寫出淒涼

况碧海青天夜夜思

單縣周自齊

黃絹青綾未足奇周官嬪學作人師凄凉爵奈三吳日解脱拈花一笑時北宋論詞傳漱玉西樵編輯重然脂蟫叢鯽影遺箋在留與微之畧遣悲

建德胡升鴻

合與諸儒論石渠絳紗弟子幾停車左芬詩賦珠無價道韞詞華錦不如佛法有緣生智慧仙才未老返淸虛人間留得靑山集信史應傳女尙書

靑緗世業富腴詞伉儷情深想見之師古夙嫻蘋澗詠相莊共

和草堂詩湖山何幸留文釆天地無情有別離寄語安仁倍珍重瑤池仙去不須悲

吳興吳　永

左芬彩筆謝家風一卷新詩奪化工宦轍中年隨冀北才名綺歲冠江東天涯諸弟勞懷想禪榻維摩悟了空此日菩提應證果不堪錦字拾殘叢

當年聚處挹芝儀曾讀拈花漱玉詞不道詩人攖小刼竟從香國萎芳姿游踪忍憶生前事賸稿空餘歿後思我亦鼓盆深抱慼相期奉倩莫傷悲

滋陽喬洪鈺

嘉名允合奉宣文鍼帖餘閒富典墳豈少閨人受衣鉢不期學士出釵裙一門祥氣徵徐淑千古才華重左芬忽訝天邊沈婺彩挽歌悲遏洞庭雲

訟庭風靜播吟聲梁孟雙雙並擅名棠舍有陰隨地植蘭閨襄治本天生一篇感應崇陰騭（夫人在滋時命余手書感應篇付梓印送）四海絃歌觸古情忍見瑕邱諸士女招魂月夜淚同傾

餘姚張　栩

海風吹我過神山山色湖光分外寒楚客尚傳江畔句齊烟都在夢中看青山黃絹留名久羯末胡封再見難（濮洛年姑丈爲夫人季弟亡已七年故及之）莫道江南無所有拈花一笑且心安

曇花入夢證前因同是人天刧後身故里鶯花叢舊恨明湖風月憶歸人一庭花絮能高詠三徑斜陽獨愴神過客欲尋山外路青山今又隔紅塵遺稿詞末闋有此中別有神仙島之句與此間今日時局恍惚相似

武昌彭一卣

絳雪樓空春夢斷白香詞後女才傳誰看幼婦題黃絹自信皇媧補碧天江草江花留楮墨人歌人哭此桑田行吟又過西州路獨令羊曇倍惘然

武昌彭　超

生死須臾事分明悟夙因即看文字在豈是鈍根人

家在江南地夫空冀北羣朱絃彈正好忍向半途分

吾母詩猶在遺編痛未行女嬃今著稿棖觸渭陽情
一笑拈花去羸來涕淚多從今詩社冷不忍再吟哦
先母遺稿早佚僅存一角斜陽紅落處滿庭雲翠竊燕支之句

荔波楊懿年

翠羽雲旆返上霄拈花留韻叶文簫荀郎從此傷良夜魂斷銀河不可招
清溪慣譜念家山南嶽夫人料往還證得蓮因乘鶴去九天珠玉永塵寰

長白玉　麟

曲奏房中樂幾章畫眉才子掃眉娘年年紅袖添詩料縷玉雕

瓊姓字香

家國蒼凉寫入詩斷腸春色有誰知麻姑去後滄桑變淸淺蓬

萊又一時

凄凉明月柳如烟悟澈禪心雪絮前花落優曇春去也三生歸

證大羅天

悽絕潘郎鬢已絲淸詞一卷想當時料知此日搜遺稿掩淚先

題逝水辭

滋陽路正歧

驚聞昨夜墜孀星怪底鸞驂駕不停賸有一編遺稿在杏花春

裏溯芳型

明湖湖畔結廬居門外常停問字車詠絮才華今已矣家家爭弔女相如

蘭閨月冷蕙幃寒信說才人大壽難從此拈花成往事問誰巾幗主吟壇

魯門遺愛滿甘棠記得當年佐治良一卷琳瑯千載業也隨碑碣共流芳觀察治滋政績優美士民泐碑以誌德政

長沙李丙元

西池王母參因諦玉宇瓊樓自往還後果前因都了了芳名終古著人間

一卷拈花餘社稿千秋遺挂動閨思最難東海傳經日多少名

媛拜女師

長沙汪廷夔

生成慧業返西天留得清詞柳絮篇惆悵黄門傷往事芝芙綺夢溯當年

一卷新披漱玉詞落紅如雨點胭脂人間别有滄桑感豈獨荀郎萬種思

人天回首珮珊珊珠玉吟成不忍看禪榻鬢絲遺跡在湘花湘草淚汍瀾

新詞繼選白香亭況有芳蕤樹典型我亦通家舊姻婭風泉林下怕重經

長沙汪廷騄

惆悵江干屈大夫烏啼月落楚山孤年年芳草臺城路不忍東
風聽鷓鴣
搜篋猶遺漱玉詞春風腸斷雨絲絲青燈伴讀禪心寂悽絕人
天一曠時

醴陵潘李觀

詠絮吟椒久擅名塵心靜處道心清多因悟澈如來旨一笑拈
花返玉京
雅化周南又見之可堪風雨隕仙姿定知奉倩神傷處一角涼
亭月上時

十載靑燈興不孤殷殷課子仰良模却愁上輩風流歇未得吟
詩一侍姑
小別依依已惘然何期重到竟昇仙從今再過西門路棖觸憂
懷怕棹鞭

六弟炳熙

十年不見湖邊樹一一夢長思社裏花吟事寂寥離緒永那堪風
雪滿天涯
家世紛傳白下門蘭閨生長性溫存盡人都說詩才好飛絮漫
天記雪痕
自採蘋蘩入我家才華德行兩堪誇羨兄調得琴絃好樓閣陰

濃靜不譁
不輕言笑不輕顰紫誥金花穩稱身合使親朋低首拜巖音齊
仰郝夫人
五十年來著作多頭銜應自署吟魔若教香閣開文榜定與班
姬占甲科
一陣悲風起夜臺竹林深處忽銜哀從今痛失丸熊教忍聽酸
音江上來

賓應朱學詩

生小聰明最結吟社伯歌季舞裁紅剅翠頂上慈雲深護惜團
就一堂鼓吹又飽領西湖風味幾載官衙多韻事話生辰忽灑

西州淚誰得個不憔悴（舅氏歿於新昌官廨是日適余初度）畫眉夫婿金龜貴不意中途撒手人天分袂詩卷貽來重浣讀畢竟清才可佩轉令我須眉慚愧爲憶濟南城畔路料鸞驂早返神仙隊遙舉酒招魂醉

武林吳鳳昌

繡幕塡詞青燈賭詠往迹不堪回首盟來心事畫得眉痕儘對湖邊垂柳底事悲音忽來夢醒鼓盆愁騰炊臼知多情夫婿此恨天長地久　苦留得萬種情絲一篇殘稿摹出錦心繡口才高詠絮社啓拈花知得人間未有却恨天公不情纔到中年便分佳偶縱吉光片羽合共瑯環同壽

龍門薛　性

拈花花與人俱笑花光人影交相照吩咐小迦陵花間學唱經情天春欵欵一曲仙音遠接引到西方應聞佛手香

采薇女史王掬月

寶婺耀雲衢墜人間爲證前因來歷家世極清標班姑訓端自幼時嫻習四德齊眉足與孟光匹看繞膝蘭芽挺秀預識金張門籍　追隨十五年餘念誨我殷勤刹那今昔淨業早皈依書奩畔閒却一枝詞筆淚灑羅巾偏恨夢魂隔拈得仙花長供養天界也應相憶

庚申五月　古歙汪　涵

雪絮才華風花情緒一齊瀉出毫端只黃花九字料和也應難
是玉宇瓊樓住久識嫦娥高潔耐得清寒問九霄環珮何因吹
落塵寰　趙郎俊賞儘收羅金石叢殘喜漱玉詞工拈花卷好
爭欲傳看賣賦文園老矣歎年來倦染柔翰讓妝臺彩筆賦成
爲壯詞壇

拈花小社遺稿詩集

蔣濮賢姮荔初著
男良鐵鈞鋭恭校

和王姻伯贈詩元韻

瞻望津門路徘徊憶往時湖山猶悵別烽火倍傷離遠賜瓊瑤
品重聆珠玉詩天涯依戀切珍衛頌咸宜

慈母吟

寸草戀春暉羔羊曾跪乳高堂侍晨夕深恩未能補
泣杖慼親恩溫衾憐母老曲承菽水歡千古傳旌表
高堂明鏡昏白髮寄鄰村風木餘殘照天涯自倚門

縱遂清修願，燒香也太癡。歷亭霜雪重，辛苦怕兒知。

望菊妹復信不至

放眼江南道，遥天雁影疏。白門楊柳綠，應寄遠人書。

寄懷十七弟

有弟隔天涯，江南何處家。夢魂飛不到，漏盡月西斜。

去住無消息，恨隨春草長。脊令空涕淚，何日弔錢塘。

吟寄憤塵先生

吾師才與謫仙儔，醉筆清奇自唱酬。鴻案遥憐閨裏月，燕京同感客中秋。壯懷潦倒歌長鋏，時局艱難恥敝裘。珍重吟鞭殘照裏，何妨獻賦到瀛洲。

贈興賢女校王校長珠庭

班姬藻思左芬才風雨名山講習開僻壤共知文教美深閨齊拜女宗來從今光彩騰明月爭頌文章寄大雷私幸拈花添社友良宵得句待敲推

贈教員劉芙卿女士

家聲天祿舊燃藜更育清才出玉閨坤道有光誇素質蒙童求學徧青齊廻文錦字思多巧詠絮年華句快題巾幗幸邀良友話欣隨宦轍證紅泥

水晶如意玉連環絕世聰明不讓班九曲靈心修月斧一庭清課集雲鬟銘椒足並千秋譽效果能收百日閒滿架琳瑯成績

在參觀不禁動歡顏

重九有感

倦倚東籬冷自嘗嬌羞何事誤重陽風鬟搖落情愁集霧鬢徘徊幽恨長幾度寒砧驚瘦影一聲歸雁警慵妝登高錯過緣遲起無奈消魂九月霜

寒夜

凍雲涼透碧窗紗玉鼎煙消月已斜六幅湘簾常不捲溫存夢影護梅花

懷八兄

滄浪湖畔晚烟疏鸚鵡洲前月上初幾次登樓頻眺望文園消

渴近何如

北湖晚眺

夕陽紅映柳梢頭瑟瑟滄波澹不流菱藻窠中漏寒碧錯將新
月當魚鉤

春眠

柔風軟雨養花天寂寂簾櫳映曉烟囑咐銜泥雙燕子休來窗
下攪人眠

觀漁

有客投竿晚漲時烟簑雨笠不禁持笑他貪看湖山色已被蘋
花絆釣絲

春雨

嫩寒天氣雨霏霏庭院春深草色肥偏是東皇閒不管好花都被冷烟圍

薔薇無力怯春烟露咽枝頭嬌可憐夜半溫存蝴蝶夢暗支春帳護花眠

夢醒

碧紗窗外雨如絲無奈春寒夢醒遲捲幔不妨鸚鵡喚催儂折取海棠枝

祀蠶迎神曲

阿姨薦香娘薦脯繡箔珠龕拜蠶姥未課紅蠶與綠蛾春愁先

逗雙眉嫵

今年絲價重江南綠醑紅香賽寶龕冰繭倘能供組織願迎靑女配仙蠶

不薦靑蘋薦女桑三參暗祝馬頭娘浴蠶須仗春陰好莫爲憐花放晚凉

和白蘿仙女詩

烟蘿冷護翠雲菴菴外桃花百尺潭錦字詩囊愁未補採春歸去課蠶（蠶）桑

爲海棠催妝曲

天孫贈嫁賜霞裳月姊親迎代理妝春睡未醒催擊鼓花奴未

免太輕狂

訪銀花小娘碣

千疊雲山穩護春湖亭詩卷已成塵可知一掬滄浪水不爲才人爲美人

蓮花棠字古苔痕遙指蓮花繞墓門畢竟似花還似藕一絲絲似女兒魂

滄浪湖畔落飛花斷碣塵埋樹影遮隔岸斜陽低野渡欲尋歸路問漁家

行盡長堤路叉歧蘭香仙迹久傳疑數行試讀殘碑字添了情天一段癡

讀錢塘平夫人香閨雜詠步韻四章

鴛鴦夢醒斂妝樓坐對菱花先自羞從此雙蛾郎替畫任他深淺總無愁

葑菲原知比並難調琴慚問舊時歡新衣故劍寧相似何幸蕭郎一例看

辭母于歸恰歲除梅花香送進門初春寒無奈鄉心熱家報瞞人暗裏書

雙燕呢喃簾外過鄉花似唱合歡歌阿儂乍識春情緒轉覺新來顧盼多

和六弟來詩戲贈菊仙弟妹

盼到相逢又遠行，別時揮淚苦憐卿。征人猶自愁飄泊，莫爲傷離怨薄情。

曲意扶持嬌弱女，愁魔消去病離身。荊花重叙連枝伴，移住明湖即是春。

家書字字深憐女，雁渺魚沈恨別離。惆悵天涯歸未得，蘭閨獨費玉人支。

垂髫幼女慶無災，姊妹齊肩心境開。寄語逍遥河上客，好隨明月賦歸來。

一聲鴻雁自天來，簾幕深秋人未回。鏡裏嫦娥常不畫，愁痕何事總難開。

我替六郎時勸卿團圓從此莫傷情庭前丹桂飄香日靜聽安瀾捷報聲

寄勉清兒

初隨慈父上征車爲惜桑弧壯志奢檢點衣裳縫密密飽看山色燦雲霞

春風擁護到徐州細柳營門儘暢遊劍匣長吟時局儆也須努力覓封侯

答王姻伯贈詩

春鎖明湖霽倍寒慈雲無恙寸心寬瑤臺飛到新詩句詠絮才疏和覺難

桃花

春風未許薦瑤池薄命堪憐刧後枝人面莫教流水誤仙源珍重豔陽時

柳絮

泡影濛濛也算花拚隨蝶夢警天涯隔簾眞箇因風起始信清才數謝家

牡丹

姹紫嫣紅盡換妝羣芳低首禮花王天孫昨夜承丹詔織就霞衣獻洛陽

芳草

靑入簾櫳放眼迷芳菲遙接畫橋西寸心留戀斜陽路爲送王
孫襯馬蹄

答外子索寄近作

家書婉轉索新詩兩地情懷一樣癡莫爲閨人眠不穩春寒珍
重夜深時

寒食夢回金陵省覲　先塋

去年烽火接天昏剩有垂陽傍墓門夢裏何堪陳往事聊將詩
草祭驚魂
追憶親恩補報難黃泉無路問平安深宵獨弔凄涼節血淚都
從枕上彈

哭洛年二十弟

客裏驚聞病作魔無方續命起沈痾壯懷未展身先死涕淚呼天喚奈何

脊令多難各天涯痛廢莪蒿未有家身世飄零春夢短半生辜負好年華

家計衰微誤壯年傷心今日隔重泉青燈搖落埋荒草十載潛修竟枉然

修文丹詔自天來偏擢人間未用才雁羽不堪中道折招魂無地哭泉臺

昔年親送大江頭江上驪歌無限愁似識生離成死別倚裝故

故儘勾留
追憶音容再見難遺孤穉弱待誰看倚樓遙望錢塘路碧海蒼茫雨雪寒

寄荃生六弟

解圍佳話古傳揚愧我才疏遜小郎願附吟壇稱弟子心隨桃李傍門牆
綺窗閒檢舊塡詞問字天涯也太癡書未寄時先自笑苦吟忘到夕陽時

韻梅盟娣乍見即別心緒黯然依韻答之

故園桃李換春華却悵吾生未有涯已是傷時復傷別東風吹

綻斷腸花

綠楊庭院隱簾陰閑坐敲棋共賞心爲戀隔鄰鶯語洽不知門外已春深結鄰而居內外歡洽

方擬蘭閨日課詩依依心事訴燈知如何杜宇催歸急忽帶啼聲過別枝

匆匆分手恨遲逢詩味愁和別味濃歸後好拈京兆筆時傳消息一憐儂

靑靑客舍柳成行姊妹雙雙繫別腸從此月明千里共綺窗分夢入遼陽

松菊新圖著意描行行避亂勝遷喬明年莫負重陽約好把離

愁日日消

茅次珊表妹來濟過訪書此感懷

歲歲明湖泛綠波暮雲春樹悵如何別來此日驚相見認取衰顏感慨多

昔年同在錦城西形影追隨髮未齊記取看花消永晝留春常怨杜鵑啼

黃花零落楚江秋倉卒歸帆繫渡頭山外斜陽留不得淚痕猶漬舊妝樓

燈窗貰酒話滄桑說到浮生共斷腸回憶分襟明鏡側何堪此日鬢如霜

香車小住太匆匆春入園林花未紅今夕尙留燈影畔不堪明日復西東

離歌漫唱渭城詩無限愁懷不自持且把瑤琴彈古調高山流水證相知

喜得徐州佳音

薦才何幸識荊州一紙家書到綺樓鏡裏愁痕舒淺黛畫眉夫壻覓封侯

讀六弟贈詩偶成

玉簫聲和倚琴絃合奏宮商非偶然堪笑秋風紈扇曲都教明鏡誤嬋娟

蛾眉同倚曉妝樓，祇解相親不解愁。蘭蕙拈來成並蒂，替儂簪上玉搔頭。

敲棋昨夜品新茶，情話蘭閨興味賒。笑檢書囊憐薄宦，年來清況似梅花。

支量家計愧疏才，偶學塗鴉倚鏡臺。何幸小郎稱謝女，天涯緘札惠詩來。

夜游大明湖

明湖載酒泛春風，兩岸樓臺似畫中。六曲欄杆花影外，湘簾深處一燈紅。

笑看明月照疏林，最愛瑤琴水上音。今夕華筵人盡醉，蓬窗射

覆到更深

重陽有感

畫樓今日理妝遲簾捲西風冷不支偏被黃花窺瘦影殢人開到傲霜枝

風雨天涯客思長花魂應解是重陽南飛鴻雁多離恨未挿茱萸已斷腸

戲題

茫茫烟水阻紅塵未許漁郎去問津峽裏桃花都命薄天涯愁煞惜花人

工愁姊妹豔於花並倚危樓感歲華又是吹簫明月夜夢魂圓

不到兒家
燕燕差池悵遠行華筵無復奏新聲淸宵祇結蘭閨畔對卜金
釵共訴情
綠楊抽盡斷腸絲錯過陽春莫怨遲聞說東君情尚熱蓬萊深
處夜題詩

和蓮姪來詩原韻

蕙性蘭心嬌小年塗鴉偏解憶遙天新詩寫盡癡情緒千里風
聲警夜眠
梁燕分飛悵久離愧無奇句和閨帷拈花恨隔靑齊路吟社難
充問字師

寒夜客至

繡餘燈畔課詩書有客衝寒到敝廬夫壻遠行兒輩小強調中饋薦盤蔬

宦味清貧自坦然沽春笑擲典釵錢綺窗占數梅花影但乞歸人早著鞭

時事感懷

蕭疏霜鬢感華年五夜焚香暗禱天誰敢輕車逐胡騎莫教戎幕駐城邊

愁聽哀鴻訴亂離危城燈火費支持犬牙賺入湖山界猶說青齊未敲高師

海天烽火幾時休身世茫茫怕倚樓羌笛聲中山色暗似聞胡虜唱涼州

連綿野幕阻人行九點齊烟月半明愛國男兒都袖手莫將旗鼓救蒼生

寄懷茜霞二嫂

犬戎忽地弄兵戈大好明湖也作波等是驚聞風鶴唳移家先已唱驪歌

多情深識小姑癡怕聽陽關送別離亂疊征衫扶病起一鞭倉卒信驅馳

前夕清談對月華約期猶說豔黃花綠蕪庭院秋蟲泣忍便拋

儂別寄家

蕭條楊柳剩儂居明月無聊雁影疏岱嶽燕雲勞夢想別來應寄一行書

送別王菡菁二妹

分襟無那唱驪歌雁羽驚寒喚奈何欲挽車輪留不得風聲鶴唳誤人多

津門烟樹鎖斜陽秋水蒹葭道路長珍重金軀北堂養天涯休憶舊歡場

丙辰春暮濟南大危全城驚徙書此以寄感慨

驚聞戎馬逼城西亂疊征衫意早迷徧是儂家行不得萬山烽

火阻青齊
鶴唳風聲徧處聞畫樓西畔起愁雲綠楊消瘦湖山暗喪亂生
涯感十分
朝來情緒亂如絲閒數飛花强自持不道賞春人盡去滿城風
雨獨題詩
蕭條門巷鎖斜陽大好湖山草樹荒杜宇聲聲啼不住也愁離
亂感滄桑

接杭信有感

空谷淒涼歷歲華傷心人遠隔天涯好花無耐分連理縱傍湖
山豈算家

尺素傳來幽恨長單寒翠袖倚斜陽身如斷雁寧飄泊轉說他鄉勝故鄉

美人生性本來癡羌笛聲聲怨柳枝何事江南歸不得相逢誰忍話當時

刼後應知時事難關河風雨柏舟寒孤帆不繫連枝樹未必泉臺魂夢安

玉夫人韻梅義妹寄贈照片題此誌懷

妝閣深情慰遠思花間留影贈相知風鬟霧鬢端詳久別後芳顏勝舊時

暮雲春樹阻天涯兩地情懷姊妹花省識手神如覿面含情似

欲說京華
碧紗籠護爇心香愛煞伊人鏡裏妝愧我蕭疏雙鬢影萬重離
緒感滄桑
年來風鶴警詩魔祇覺明湖惆悵多蘭譜遙憐情自熱徘徊應
是望關河

菡菁二妹寄二嫂近作

東風又到賞花時雁渺魚沈悵久離天外忽傳青鳥使替儂書
寄錦囊詩
詞語纏綿詩句新香奩彩筆詠陽春蘭閨知我躭吟事附入郵
鴻慰遠人

和陳曉嵐親家感懷八章

魯陽返日恨無戈國步艱難脈不和漆室女空悲世事綠章欲奏奈天何

流水滔滔悲世宙陣雲莽莽遍環球何人野祭愁披髮合使伊川悼晚周

符氏投鞭欲斷流江聲日夜挾黿浮儂家居住湖山曲萬種羈懷祗著憂

湖柳蕭條慘不春風愁雨暗失良辰紛紛胡羯都酣睡臥榻居然讓與人

內憂未靖外交征鶴唳風聲處處驚不幸此身逢亂世紅羊無

計救蒼生。

匈奴十道動邊爭烽火連天甲亦精滅虢偏從虞假道犒師猶自忍牽牲

天象驚看太白侵年荒兵患兩愁深安民無策猶加稅滿地哀鴻合痛心

烏鵲南飛恐失柯停鍼數問夜如何木蘭空有雄心在難借明駝出枕戈

丁巳元旦試筆

名媛曾說頌椒花應也焚香拜早霞欣見門楣迎瑞靄戲拈詩草祝年華

齊眉人羨室家和薦歲團圞樂趣多兒女新妝承色笑重門深處聽絃歌

聲聲爆竹喜迎年偶渡蓬瀛別有天但盼春來膏雨足豐收禾稼樂陶然

安排綺屋慶添籌一夜東風度畫樓吟到梅花清有味訟庭雖小可忘憂

新組女校成立書此誌喜 兗郡為文明首善之區自改革後風氣樸陋未能隨俗轉移一邑之大竟無女校外子時為悵然多方籌款幸得有成不禁為女界稱慶焉

別開香圃課羣芳坤道光明教誨良滿座春風聆雅化也栽桃李傍門牆

雲峯毓秀近尼山忍使韶華誤珮環香國文明風化美門楣從此重紅顏

慶雲新集少陵臺爲祝花辰綺閣開嬌小蛾眉聯雁序花陰學步踏歌來

四海文明佳麗多茜窗無學愧如何髫齡易解新知識風雨名山好切磋

閱滋陽誌書有會稽女子過新嘉驛題壁三絕有感次韻

蘭香不幸墜紅塵薄命堪憐宦裏身百結迴腸傷往事淚彈楊柳不成春

仙跡糢糊逝遠遊詩魂從此尙悠悠幽情寫入荒村店宛似長

門詠白頭

萬種愁懷應告誰惜無芳諱記儂悲淸才淪落瑕邱路千古人間總淚垂

田伯雍觀察以詩見示依韻答和

豔說驊騮道路開天生英質自奇瑰不堪回憶明湖月曾送兩家秋色來

身世原如傀儡場蒹葭吟到水中央西風蕭瑟生涯淡靜對黃花別有香

栽花笑共潘郎至詠絮慚無道韞詩但願訟庭閒似鶴絃歌重樂太平時

客裏重逢桂子黃一庭涼月夜焚香君家眷屬儂家妹學奏房
中樂幾章
初解泥中敢詠詩微名誤被小郎知吟來佳句如珠玉但說虛
心亦我師

和耐公元韻

早有才華動兩京名繮利鎖苦相縈故園種得松和菊空對蒓
鱸觸旅情
萬柳籠烟掉轡行樓臺燈火兩三星笙歌漫向筵前奏話到興
亡未忍聽
晴雪梅花引勝遊壽星明到最高樓檻邊山色樽前曲且唱旗

亭破客愁

年年游轍侍青齊繡帕慵拈選句遲隨著綵衣和隊舞不知林外月華西

懷洛年弟

荆枝摧折最傷情哀誄眞同楚些聲凄絕鵲華風雪裏女嬃腸斷可憐生

西堂無復謝庭春骨月凋殘涕淚新人世彭殤須勘破莫教悲慼損精神

和帥女士原韻

芳訊初開並蒂枝夜深聯句漏聲遲蘭閨韻事從今結傳到旗

亭服涣之
順承夫婿孝姑嫜欣奏房中樂兩行豔說秦嘉賢伉儷清才八斗費評量
風清林下月初圓琴譜重調更勝前蘭種夙根榴著子夢熊應有好音傳
香車雙駛走輕雷喜下溫家玉鏡臺別後魚緘欣報我和詩愧少左芬才

詠蓮得紅字

烟水參差夕照紅霜鬟霧鬟漾西風隔簾陣陣芳香膩沁入鴛鴦幽夢中

荷衣新染幾絲紅妝點湖亭似畫中幽性耐霜秋更媚清芬恰與美人同

書懷

三徑烟籠冷未荒幸留清影伴斜陽參差如醉淵明酒低首東籬猶傲霜

拈花小社遺稿詩餘

蔣濮賢姮荔初著
男良鐵鈞銳恭校

浣溪沙 落花

柳外剛迎燕子歸東風轉眼亂紅飛好春和雨砌成堆
把酒憐花澆凈土憑欄猶自對空枝日斜樓上繡簾垂

菩薩蠻 春寒

池塘雨後和烟凍桃花弄影春寒重含笑倚闌干問花花可寒
花枝如病酒色淡胭脂舊憐惜意重重編籬護晚風

踏莎行

雨外殘花，風中弱絮春痕究竟歸何處尋春倚徧玉闌干綠陰滿地無人住　乳燕爭飛嬌鶯亂語等閒不解春情緒晚妝獨自上高樓斜陽卻照東鄰樹

清平樂 葡萄將熟編籬護之

紅芽初吐險被東風妒特地牽雲籬外住好把柔條穩護　主人愛惜春工明珠格外玲瓏縱使楊花飛盡綠陰猶滿庭中

清平樂

落花風緊天氣無憑準熟睡不知晨夢冷偏被鶯兒喚醒　起來烟雨漫天亂紅堆滿闌干舊日妝臺姊妹更衣可換重棉

虞美人

庭軒入夜風剛定金鎖重門靜月扶花影上高樓樓上美人嬌小不知愁　但憑飛去花多少獨伴榴花老留春杜宇最無情他說不如歸去太分明

菩薩蠻　新竹

新移嫩筍鋤雲護更衣約在青春暮又恐被風驚編籬愛惜深連宵新雨足轉盼烟凝綠玉粉倘生香比花當更强

青門引　新月

雲暝珠簾暗簾脚飛花影淡一鈎新月挂簾梢簾鈎閒處卻被人窺見　月鈎更比簾鈎輭迤邐和簾捲癡心又想明月開簾露箇團圞面

夢江南　初夏

雙燕子簾外說薰風蕉葉凝雲三面綠榴花綻露幾分紅倦繡且停工

憶江南

天似水新浴晚涼生六曲闌干花釀露雙重簾幕月窺人何處撥歌聲

菩薩蠻　秋夜

烟雲畫閣珠簾冷隔簾新月花無影橫了素琴彈羅衣風漸寒
西風花裏去去後無尋處蝴蝶幾時來勸花休浪開

蝶戀花

畫棟雕樓過半年花柳深深鶯燕猶嬌語兩面紅欄迴合處美人端愛重簾住　一霎歡場天已暮簾底笙歌簾外風和雨不見咸陽供奉苦阿房轉眼成烟霧

南歌子

風雨驚殘夢披衣坐起遲臨妝遣婢摘花枝聞說後園都是濕胭脂　妝罷憑欄望薔薇瘦不支去年今日詠花時不道今年今日續前詩

賣花聲

緩步到花陰月上羅襟手拈紅葉護花心恐怕半開花蕊嫩受了寒侵　不忍弄瑤琴雲淡霜沈隔牆偏又亂蟲吟似說後園

秋色老紅透青林

踏莎行 聽琴

蜀水連天峩峯礙月金嶽忽向離人說西川生小便爲家鄉心更比江南熱　竹輭烟啼蓉嬌露泣箜篌曾破媧皇石泠然譜入七絃中松風萬壑凝雲碧

青門引 採蓮詞

波影搖空翠人影隔花成隊澆花雨過晚涼生憐他嬌韡香露凝紅淚　阿儂自醒蓮花醉合讓蓮花睡滿船明月歸去輕篙怕攪秋烟碎

蝶戀花

銀漢煙霏寒兎濕碎葉沈秋絡緯聲催織新展芭蕉三五尺月痕侵過眠琴石　阿姊晚妝妝未徹不愛螺青不愛鉛華白兩頰醉紅嬌欲滴美人情性胭脂識

清平樂

綠窗朱戶燕子喃喃語似說梨花寒食雨轉眼又將春去　隔簾無奈東風任他吹盡殘紅只剩簾前新柳黃花依舊烟籠

虞美人

玉鉤斜逗簾波輾寂寞紗窗掩一庭飛絮怯東風依舊去年春恨上眉峯　海棠醉雨梨花病烟鎖紅樓靜閒愁料理入詩囊依舊去年春債替花償

清平樂

雨柔烟輭鎖日紗窗掩無奈春陰天氣短樓上曉妝都懶　海棠甘讓東風隔簾低彈嬌紅料理惜花情緒春愁引上眉峯

青門引

簾外東風細做就養花天氣乳鶯喚起綠窗人曉妝無力強把玉欄倚　踏春繡襪春前備約在清明裏桃花沒箇消息蒼苔庭院深深閉

踏莎行

細雨簾櫳春風庭院惜花忙煞鶯和燕海棠嬌懶總低頭癡情都是東皇慣　柳外烟籠花梢露亂尋春無路詩情倦晚來猶

自倚欄干綠陰滿地斜陽淡

清平樂 紙鳶

破雲衝霧竟識青天路縱有絲兒牽絆住總怕東風吹去 翩翩春影模糊欲飛還倩人扶却好畫堤春煖替人消遣工夫

菩薩蠻 相思鳥

情天漏洩鴛鴦影生成比翼雙棲穩不愧喚相思相憐一片癡韓憑命終薄只化閒烏鵲此豸却工愁死生長並頭

踏莎行

鎖柳烟籠妒花風緊乍寒天氣無憑準 一庭飛雪靜無聲隔簾迷了桃花影 淚搵新妝愁澆紅粉繞欄步步芳心警欲支錦

帳護輕寒癡鶯病蝶都應肯

蝶戀花 送湘苓姊返浙江

簾外東風啼杜宇不解離愁只解催歸去絕好歡場留不住天涯況是青春暮　挽手重提珍重語湖上桃花記取停船處歸夢莫教烟水誤花陰纔是滄浪路

後庭宴 閨花朝

石醋添妝海棠續命東皇重受天家聘惜花究竟比人強留春却把花朝閏　替人珍重光陰不許玉臺春盡紅嫣紫姹更比前番勝可惜踏春人隔花招不應

滿江紅 寄書環妹

楚岫花飛早又是傷春時節憶往日分釵讓珮空存夢迹蓦地江皋歸雁過鄉書一紙和愁說說峨眉風露浣征衫淒凉絕鳳山樹影蕭瑟青衣水聲嗚咽料墓門酸淚都成啼血最小零丁無伴侶離人苦被關山隔問空林翠袖倚春寒誰憐惜

虞美人 懷湘芩姊

人歸竟比春歸早花外衣香杳怕聽杜宇泣黃昏聽到月明時候倍消魂　闌干十二仍無恙對月偏惆悵東風究竟有情無那得夜深吹夢到西湖

滿江紅 懷八兄

綠暗紅稀早做就滄浪春暮空料理一湖煙水離人何處十日

歡場渾似夢輕帆一霎天涯去記臨歧約在落花時重相聚江干鯉仍西泝樓頭鶴仍東顧豈白雲芳草偏忘舊路想是武昌花尙好留連竟把歸期誤恐橋亭轉眼漲秋波多風露

踏莎行　寄十兄

吟社新開歡筵未歇東風倉卒催行客爭春爲看上林花等閒花事都拋撇　玉甑香溫金觚酒熱笙歌先爲離人設長安得意早歸來簪花重對團圞月

賣花聲　懷仙玲姊

春去不勾留花事都休綠陰和霧鎖重樓理罷晚妝香篆冷月上簾鈎　江水自東流何處杭州碧天望斷海西頭應是惜花

眠不得一樣春愁

金縷曲　十兄下第作此慰之

飛步瑤臺境錯安排靈丹九轉玉鑪金鼎忽地罡風灑紅雨偏把好花吹盡空盼斷天涯芳訊狠籍胭脂春不管料等閒鶯燕誰相認孤負了遊春興　糢糊春夢原無定枉撩人雨檣煙爐一番離恨繡榻美人妝未理應是傷春成病那就算看花無分珍重綠章重檢點待妝成好受梅花聘歸去也對鸞鏡

清平樂

落花依舊不管眉峯瘦滿徑綠陰人去後辜負踏春時候　東皇倘愛紅樓偕歸定駐杭州試問錢塘阿姊荼蘼曾否低頭

賀新涼 勸八兄南歸應試

枉學邯鄲步問渠儂雪膚花貌傾城誰顧一幅鮫綃揩熱淚生被紅冰點汚消受盡浣沙辛苦鎮日捧心妝鏡側病夷光顰壞雙眉嫵鏡中影嬋娟誤 愁絲未許春蠶補冷江皋月華如水佩環遲暮眼看金陵花事好怕走長干窄路又怕惹驚鴻高翥難道雲英終不偶理歸帆且向秦淮駐金粉隊甯相妒

高陽臺 覽西湖圖懷過季芳表妹

綠漲煙波紅偎花雨湖山眞箇春深三尺生綃逗人神往西泠南朝豔跡留千古只年年心坎溫存慰情癡粉漬雲寒蝶染山青 箇人生小杭州住想鏡中西子顰笑相親烟水紅橋尋花

曾否消魂阿儂也作錢塘夢看湖光總未分明願重攜畫裏樓臺取證卿卿

摸魚兒 有良家女被人賺作妾復不容於大婦之子詞以哀之

俏蛾眉與花爭豔乍從花裏相見紅樓省識風流客註定情天公案新留戀只道是水晶簾底雙棲燕春風半面却暗地安排嬌藏金屋竟把美人賺　封家姊早被東君嬌慣無端連理吹散素娥初遂團圞願夜夜碧天雲掩花零亂恐未必牡丹生性甘貧賤蓬山又遠爲問似花人愁風愁雨春去可腸斷

念奴嬌

玉清丹詔詔湘君料理洞庭山色翠芷紅蘭春事冷孤負東皇

愛惜星嫒支機鮫人織素花債仍堆積石尤風緊畫橋偏又吹折　妝成醉倚闌干水晶簾低放眼銀河窄遥望碧天宮殿好欲駕鸞車飛謁石補天梯絲牽雲路那怕紅牆隔鷓鴣聲裏一江春水嗚咽

、賀新凉 秋草

空谷凄凉絕更何堪斜陽荏苒荒烟狼籍花界零星留晚翠夢繞江南江北憔悴殺西飛蝴蝶究竟愁魂消幾許掩重門盼斷春消息清露冷寸心熱　天涯觸處傷離別傍晚來砧聲纔住蟲聲轉切回首河梁空涕淚莽莽寒雲如昔渾不辨青鞋行迹爲惜王孫歸信晚縱平蕪也作傷心色霜重處早頭白

鳳凰臺上憶吹簫 落葉

雨護雕欄雲栽錦帳東皇費盡春工記晚春時節嫩綠初濃偏是年華如水纔轉眼早怯秋風斜陽外蒼烟數點病透梧桐匆匆隨風歸去一霎下瑤臺不待霜紅剩蕭條庭院殘月疏鐘只有空林凍雀猶偎傍十二樓東更無奈長廊夜深啼斷寒蟲

念奴嬌 聞雁

楚江秋晚聽江南過雁欲飛還駐半載離人消息斷却好待他歸訴殘柳梳霜荒蕪印月認取樓高處寒塘幾曲須防中有歧路 倘他眞箇傳書書中先問一紙來何暮只恐天涯風雨重便問也無憑據關塞雲寒江皋夢冷空惹離情緒人人兩字替

儂千萬將去

解連環 紫陽女張慧僊刲臂療父疾復割肝療母父母卒哭之痛創裂遂死作此誄之

茝蘭風慘自爺孃衰病雙蛾未展奉堂上一勺參苓有刲臂剖肝紅氷凝濺暗禱慈雲願贖取北堂春晚恨緹縈膽怯綠章無據神閽太遠 拚從九原替換忽女媧天漏情腸摧斷便一死眞箇團圞料泉下相依未甘儂願齏臼文章誰替寫曹娥碑篆剩墳頭蔓草驚沙哀蟲斷雁

南浦 懷茅次珊表妹

楚岫碧雲寒料西川早又梅花如昔昨夜夢魂歸妝樓畔重見舊時相識依依欲語情腸不減當年熱攜手竟無離別話只問

春風消息、 春歸那使人歸郤鏡影衣香分明相接紅豆一燈昏朦朧裏錯認錦江烟月醒來傷別玉容依舊關山隔莫爲離人眠不穩珍重一簾飛雪

虞美人 和六兄悼蘭詞

鏡臺塵掩珠絲裊佩冷衣香杳春風爭許並頭看不道刈蘭風雨在春先 懺花夜夜啼紅淚淚涸情芽瘁亂拈詩草當香焚但是同根姊妹總消魂

解連環 六兄以亡嫂鏡像持贈觸感悲懷賦此悼之

玉容無恙賴玲瓏寶鏡當年摹倣細看取霧鬢風鬟渾不信此時魂歸天上剩粉殘脂還妝點簪花遺像算畫圖依舊春風省

識慰儂惆悵　往事不堪回想憶妝臺攜手追歡情況曾戲說我作男兒與解事卿卿銀奩偎傍奠酒焚香驀地改凄涼供養搵紅襟淚珠狼藉幾番神往

金縷曲　哭十兄戊子鄉薦後即登仙籙學養純粹人咸惜之

驀地情腸斷撇傷心弟兄姊妹靈前哭喚縱是俗根能解脫未必絕無留戀何忍使重堂親見誰料才長偏命短只科名稍遂揚眉願算留得錦衣看　一春風雨連遭變悵羅襟淚珠猶熱何堪重濺君到黃泉逢骨月定說人間夢幻空剩此凄涼庭院回憶花陰同結社道明年只恐歡場散嬉笑語竟先驗

浣溪沙　爲十兄設供日作

三月滄浪風雨哀何堪澆酒奠泉臺斷魂今日倘歸來　詞稿
纏綿餘夢迹文章瀟洒惜天才殘篇觸目總心灰

前腔

阿嫂拈香淚已枯孤兒尋父苦相呼靈前能飲一杯無　從此
人天斷消息杳無魚雁問音書黃泉夢醒究何如

滿江紅　送八兄旋楚寄懷諸姊妹

安穩歸帆須記取沃州山水好訴與錢塘阿姊滄浪阿妹替說
妝樓形影寂看花看月都無味囑渠儂珍重雁來時書頻惠
青春夢杳環珮紅冰迹染衣袂願燈窗賡酒約期同醉楚北烟
晴芳草綠浙西雲輭靈峯翠羨阿兄容易渡關河又相會

解連環　題紫綃姑母采菊圖鏡像

九天餘蔭把青春膏沐調和秋令妝點就絕好手神便金屋海棠也甘相遜沒骨胭脂更不數姚黃九命看西風斌媚新霜天氣別開花境　斜陽替溫夢影借迴廊返照讓花留印生恐怕畫稿單寒將碎綠零紅四圍烘暈和露和烟都寫入冰奩玉鏡好珍藏冷豔幽香神昏親近

浪淘沙

齊魯古疆場誰挽紅羊又愁離亂感滄桑北轍南轅爭遠去湖柳淒涼　儂也理行裝清檢書囊江南烟水路茫茫客裏驚鴻歸未得又到斜陽

念奴嬌 有聘貴家婢爲妾者不諧竟死之婢聞亦殉焉

傾城顏色感東君萍水無端留戀檢點明珠修聘禮肯使玉簫貧賤青鳥空勞紅蠶自苦枉被情絲絆相如消渴傷春驀地腸斷　重簾雨横風狂春歸消息傳到妝樓畔揀盡寒枝空涕淚淒絕沙洲孤雁恨寄蓬山神傷梓冢拚作秋雲散夜臺依傍黃泉能否如願

浪淘沙 十五兄于役諸城旅夜感懷追思往事昨以詞見示吟此和之

舊恨補新詞字字相思青衫淪落旅懷凝追憶齊眉扶弱女共賦驅馳　潘鬢獨傷時訴與誰知客窗風雪夢難支強把吟箋塡錦句夜永更遲

深庭院 和二嫂原調

懷往事憶遙天盼斷音書月又圓幸有連枝傳錦句美人淸興勝當年

烟漠漠雨霏霏春入芳園人未歸只有畫梁雙燕子呢喃依舊傍花飛

山隱隱路茫茫總覺儂家別恨長莫問往年歡笑地綠窗依舊照斜陽

滿江紅 夢遊沃州官廨

神往天涯渾不管西風蕭瑟算夢裏綠窗無恙妝臺似昔松菊烟荒吟社散荳蘭霜慘歡筵歇繞重門不敢步高堂心偏怯

空林晻慈烏泣平蕪冷寒蟲咽剩蕭條庭院一彎斜月天姥峯前喬木壞曹娥江上愁雲疊感滄桑涕淚證紅泥淒涼絕

南歌子

說夢原無據燒香又太癡起來嫌早睡嫌遲卻似初籠鸚鵡學新詞　送別人何去催歸鳥未知魂兒剛剩一絲絲險被東風吹上斷腸枝

蝶戀花

玉殿瑤臺春最好不是鴛鴦也解雙棲老錯落桃花紅不掃沿階珍重宜男草　黃鶴乘風歸去早樓外青山山外雲霞渺隔斷紅塵人未曉此中別有神仙島

孫景謝 撰

秋白遺稿

民國二十年（一九三一）鉛印本

提要

孫景謝《秋白詞存》

《秋白詞存》一卷，孫景謝撰，與《秋白詩存》合刊爲《秋白遺稿》，民國二十年（一九三一）鉛印本。北京師範大學圖書館、華東師範大學圖書館、南京大學圖書館、北京大學圖書館等有藏。《秋白遺稿》封面由徐悲鴻題簽，内有總目一份，孫景謝遺像、張乃燕所題像贊、遺墨各一，江學珠所記《事略》，其夫嚴洪江所撰《行述》，吴梅、楊銓、胡光煒、曹炳麟等爲之序，柳詒徵、陳去病題詩。卷上爲詩存，收詩四十一首；卷下爲詞存，收詞二十二闋。末附嚴洪江跋。此外，華東師範大學圖書館、復旦大學圖書館、武漢大學圖書館等藏有民國十九年（一九三〇）鉛印本。

孫景謝（一八九七—一九二九），字秋白，江蘇崇明人。其「幼承庭訓，即能爲詩、古文、詞，鶴立冠儕輩，親舊之過其家者，咸交相稱譽，謂多才若此，庶幾爲女界吐氣矣」（江學珠《事略》）。肄業尚志女校。「五四新潮勃興，以北京女子高等師範頗負時望，乃襆被走都門，專心理化一年。」（江學珠《事略》）一九二一年，孫景謝南歸與同邑嚴志宏（洪江）結縭，夫妻改入南京東南大學之教育科。畢業後任杭垣弘道女校教職。一九二九年卒於腦溢血，年僅三十三歲。其詩詞作品清逸無脂粉氣，楊銓（杏佛）稱其「詩詞無脂粉氣，多激昂慷慨之音」（楊銓序）。胡小石（光煒）云：「夫人以其餘力爲詩詞，均清逸可誦。」（胡光煒序）

二十年二月

秋白遺稿

悲鴻

秋白遺稿

一

秋白遺稿

總目

卷首

秦淮春泛
春日郊行
夏夜
秋郊即景口占
除夕
元旦
寒梅
田園雜興
玩月

卷下

詞存

龍山會 莫愁湖觀荷步夢窗載酒雙清原韻

眉嫵 殘月

綺羅香 翁親大人六十生辰

跋

秋白女弟遗象嘉题

懿歟先生博學溫文況
治國政理化專勤樂英
才之濟濟又教誨之殷殷
舉十目以爲範期長沐
弟子於德薰胡天不弔
遽離塵氛念女學之綦
重益痛惜夫斯君清芬
長留東海之濱

秋白先生遺像

張乃燕敬題

秋懷八律步杜甫秋興原韵

蕭瑟金風徧滿林空山古木氣森森一天涼月自明滅萬户炊煙
時曖陰大海風雲增客夢中原離亂驚心滄桑世事何堪問愁
聽聲聲入夜碪

高瞻遠矚切胸中不信有世英雄

荒村日夜臥樵斜身世蒼茫感物華關塞蕭條人怨笛江湖憔悴
客乘槎月明霜冷淒征雁風急天寒咽暮笳寂寞疏籬秋色晚捲
簾人瘦似黃花

少年微玉自命意見不凡

疏星三五點斜暉寂寞鄉村樹影微江上白雲隨雁盡山中紅葉
繞風飛蕭條村落炊煙偏冷漠人心古道違太息江南罹浩劫鳳
凰池畔野花肥

秋白遺稿
遺墨
一

飄搖世局等殘棋雲跡萍踪我更悲明月登樓懷古意黃花照影
醉歸時蒼生野外啼寒遍白騎金門待詔馳烽火隔江誰擊楫
登前事不堪思　飄蕭半綠匪古倦情靈踪窮跡究將誰託
登高樓縣舊河山幾步閒行禁棘間寸草有心憐日月千鈞無力
挽江關渚中蘆荻牽秋夢門外風霜老豹顏逝水年華增感無
才僕史敢希班　沈著頓挫饒有唐音
啁啾小鳥怨枝頭蟋蟀聲中一院秋叢菊未開寒露薄蒼苔滿地
晚風愁空林日暮歸烏鵲孤渚霜寒宿鷺鷗總是蒼涼身世感瀟
瀟風雨黯神州
漢家上將久無功鼙鼓聲寒暮日中午夜悲笳沉落月秋窗成夢

秋白遺稿　遺墨　一二

冷西風談兵滄上天方白看劍燈前淚欲紅作賦空哀庾信煙
波何處問漁翁　生年虛二十年一無成就我輩真愧死矣
懨懨山郡逐日遨行吟眺晚立寒陂野人放宕歌三疊詞客抒懷
筆一枝鷗鷺銜寒秋水涸江山如夢白雲移蕭騷俯仰終何事愁
看隋堤弱柳垂

蒼涼激楚高唱入雲作者殊非木
蘭奢良玉激身耶今人讀之不
禁拔劍擊節　繼細而

不自已矣　歷指閨閣能詩而有氣節者，斷推鑑湖女俠。此詩竟突過之，狂花之品，彼席佩蘭、金纖纖之輩，且不足道矣

秋白之詋及其遺墨詋評爲　佩忍夫子手批

事略

先生姓孫諱景謝字秋白江蘇崇明人少秉異資聰叡明哲父伊岳先生母瞿俱有聲鄉里以故幼承庭訓即能爲詩古文詞鶴立冠儕輩親舊之過其家者咸交相稱譽謂多才若此庶幾爲女界吐氣矣伊岳先生因笑頷勉先生以大就會母氏以劬勞早世先生髫齡哀泣擗踊如成人事繼母王至孝夙興夜寐習役勤勞必期得歡心而後已而王亦愛先生逾已出始肄業尚志女校聲譽隆起國學根底益深研幾然好上之心終不以

區區自滿五四新潮勃興以北京女子高等師範頗負時望乃襆被走都門專心理化一年以發揚女權爲己任以樂育人才爲女子天職每夕陽斜影暮鐘四喧猶手書册口咿唔而徘徊于黌舍曲廊間也十年春李先生南歸省親與同邑嚴先生志宏結爲伉儷乃改入南京東南大學之教育科卒業後任杭垣弘道女校教職二年十七年夏假歸北上遇學珠于寧珠與先生故北女高師同學謬以不才承乏松校僉訓育事繁責重非老成公允如先生不勝任急以相懇幸蒙慨諾初不料

先生之朝夕辛勤而竟至以身殉職也先生之主訓育也慮時下積習好爲高論不計程功因首標博愛義勇才智果斷忠誠勤儉快樂愛美禮讓秩序十大目目系以條條明以例期于躬行實踐矯空言之弊學生有年稚理解不明者反覆推詳不憚辭費守　先總理知難行易之訓嘗謂行之不力病在知之不深切耳安有天眞爛熳之女子而甘心自絕於光明之路乎用是無間長幼視先生如慈母先生亦待之如子姪一堂融融各循正軌口碑之盛豈徒講授之爲學生歡迎而已今歲

入春每喜作郊外遊輒擕三五同學俱興盡而返託爲吟詠憶清明之日獨約珠上佘山探勝詎知歸二日而遽病病一夕而長暝幷不及一訣家人計先生生民國紀元前十五載卒十八年四月九日壽才三十有三耳當八日上午紀念週中先生登臺報告勉同學以多作事多積經驗多讀書多增智識講畢下臺尚無他異乃不及二十分鐘遽面赤汗流口噤不語以指彈頟身欹側學珠左臂珠急起扶掖而已不省人事身右半僵木急延西醫朱李焦張四君中醫金張二君先後診治

俱爲病屬中風血溢左腦非時下腦膜炎可比唯時但能施針不受湯藥然面色脈膊並無變態故醫者俱冀其淸醒之後可圖內服如是而午而晚左手顫震一目翕張開竅之劑即强灌不應卒至九日晨四時痰湧氣塞而長逝不返矣病初危時曾急電滬寧崇明故先生季弟猶及一面特神志失司不作片語耳綜先生一生早年劬於國故中間專心科學近復盡力敎育勞不形於辭功不攘已有衣惡羅綺食厭珍饈事父母舅姑以孝處姒娣以和御婢媼以德抗直性成豪俠好與居東

大五年暇輒兼攻文藝爲李審言吳瞿安陳去病鄭曉滄諸先生所器重而虛懷若谷未嘗一言及於詞章既感世界潮流知非研精科學不足以救國非振頓女學不足以謀家庭社會之改良因專求訓導方術慨然以女學導師自任乃天不假年使懷才齎志奄然物化尚何言哉既卒之夕成殮於禮堂之上男女長幼相向哀不成聲念珠與先生共抱爲教育而犧牲之素願方謂駑駘之質鞭策有人而何意崇朝示疾昧旦彌留其分攜若是之速耶先生結褵九年無所出愛女姪彩英遂

以爲嗣遺著詩詞若干首由志宏先生整理付梓因揭
其行誼之犖犖大者次事狀如右己巳年江學珠述

行述

室人孫氏諱景謝字秋白同里伊岳先生長女幼受異秉聰穎絶倫生母瞿早世氏在髫齡哀號擗踊如成人事繼母王能得歡心愛憐逾己出初肄業本邑尚志女學聲譽溢鄉里　先慈顧恭人物色得之嘖嘖稱羨不去口因爲洪江延介委禽焉民國十年夏來歸未彌月與洪江偕入東南大學氏隸教育科極深研幾學績冠其曹洪江不慧習文理幸與氏處得切劘之助賴以有成先十四年六月出校越歲十五年六月氏亦卒業同

得學士位即於是年八月爲杭垣弘道女學延聘主教席十七年暑假旋里徇江校長龍淵女士一再之請不得已就松江女子中學校訓育主任氏與江係北女師同學情好素摯既承器使矢以所學盡瘁是校今四月八日晨六時起身在校場運動旋入教室授課畢復於九時頃行紀念週禮尙登壇講演及復座以指彈額似患頭痛口不作聲身欹側欲墜江校長急扶掖之飭役舁至寢室已目閉口噤肢木僵不省事紛延中西醫數輩診治云類中風施以針藥卒延至夜四時痰湧氣塞

而逝嗚呼痛哉洪江服務中央大學聞電奔赴已不及面訣以上情狀悉得自江校長與在校同仁及諸學生之互述泣念洪江與氏結褵以來惟同學相聚稍久自十五年後各以生事餬口四方作分飛之勞燕頻年奔走不獲叙家人伉儷之歡卒激於知感犧牲教育其志可念其遇亦可悲矣氏性儉約平生衣惡羅綺食厭珍饈事父母舅姑動循禮法孝敬無違絕無時下習氣與諸姒娣相處和睦無間言視姪猶子餅餌衣飾玩物稱量以予無偏倚御下寬恕無疾聲遽色臧獲婢媼樂爲

用命體素健好遊名山川常徒步日行數十里不爲疲
其習勤又如此先嘗致力詩古文詞積久成帙老儒見
之輒爲擊節既感世界潮流知非研精科學不足以救
國非先培植女學不足以端母教因悉罷去專求訓育
諸方術慨然以女學導師自任乃天不假年卒使懷才
賫志奄然物化尙可言哉既卒之日蒙全體學友議決
優待即於校中禮堂大殮開追悼會上自校長教職員
及學生下至男女校役相向而哭皆嗚咽不成聲嗚呼
情感至此殆非食而怠事者矣己巳年洪江泣述

秋白遺稿叙

孫生秋白王謝舊族任沈通才傾蓋秣陵頗聞令譽陳子佩忍出眎所作秋興八律追和少陵撫時感事爲之傾首過從學討傅在聲律暇日命筆亦復斐然並世笄珈殆莫及焉今歲春春其外子嚴君洪江顧我病廬謂生病

類中一夕所殫精力所萃僅此一卷學为點定貢諸文苑嗟乎閨闈風雅輙多藻飾惟生請力矜式同儕遠溯宋代則接武清照近言孫逸園亦繼踪久莊顧奉手承益未暌五年嘔心苦吟已成千古嘆嘆長夜戚戚四方今昔才難莫測造化承命墨首奉此傷已己巳四月 吳梅

秋白遺稿　序　二

嚴叔宗居久不相見一日忽持其先人穆安謝女士所作秋白遺稿來索序於余女士詩詞無脂粉氣多激昂慷慨之音雖肖其爲人既從事教育業章句不工作不羣一編

不幸所遺留於人世者仍只數頁不屑為之詩詞豈廿七之素志哉

十八年五月　楊銓書於首都

崇明嚴君志宏室陳夫人字秋白治學誨人均有聲於世不幸早殁論者惜之夫人以其餘力為詩詞亦均清逸可誦此其遺著雖寥寥不過百篇然足徵其

才之無施不可也

庚午三月光焯

秋白女士在甲寅乙卯間嘗以詩贈於予仰而讀之宜予賞其思筆高朗無脂粉氣語之讀遺山放翁以進於少陵嗣歸龔氏與予姊棠比鄰而頻年遊學未能以詩贈輒疎矣

不幸罹夭香島半邑區之木柳
之才天獨靳而壽之耶遺墨若
皆經所錄一亦無見其致力之書本
而讀者當共惜之不壽也已
庚午閏六月鈍翁費姻蘇并書

山窗秋雨展遺編
悵觸南雍舊講筵
也似棲鴉流水曲
秦淮蕭瑟甚當年

秋白遺稿　詩　一

庚午秋日題
秋白女士遺草
柳詒徵

道韞才華香莫
親青綾幃外淚
痕新回思請業
湖樓事牘看珠

璣貯苦辛題

秋白遺詩鈔

志宏老弟之屬

去病

秋白詩存

崇明孫景謝秋白著

北湖春泛

三春桃李好芳草綠汀洲柳罨清溪口花飛古渡頭魚翻荇影亂風定櫓聲柔落日人歸處炊烟滿郡樓

夏日閒居

獨坐幽篁裏風來靜不譁呼童汲清水爲我灌新花且復尋詩夢何須御越紗采蓮歌一曲隔浦有吳娃

春郊

迷離草樹鬱青葱行遍郊原路未通千里碧煙依斷渚
一輪紅日掛長空依依弱柳霏晴雪裊裊遊絲漾午風
蜂蝶自來還自去勞勞何事逐塵中

春柳

東風駘蕩柳條新張緒當年寫未眞細葉淡描金縷色
輕花狂逐玉驄塵晴煙綠水溪頭影小雨紅樓夢裏春
最愛陶家門外路一潭波影照粼粼

秋菊

冷雨瀟瀟黯夕陽小園澹澹著輕霜橫枝不作依人態

垂露偏分畫筆香簾捲西風憐影瘦樽開落日映華黃
年年秀色憑君領賸有陶公徑未荒

冬郊即事

寂寂荒郵落日斜聲聲臘鼓感年華秋江浪白滯蘭櫂
烏桕霜黃集暮鴉環海何年平禍變長天無處不塵沙
胡笳乍聽西風緊閒立溪頭數落花

歲暮雜感甲寅

西風殘柳影婆娑倚遍闌干引吭歌荒戍蕭條新戰骨
故宮寥落舊銅駝十年羈夢分飛久一縷愁痕轉側多

瞥眼秦灰驚夢逝悔教歲月易蹉跎

浮生似夢總非眞寂寂光陰淡淡春壯志漸隨年事減

閒愁偏惹旅魂頻好花不厭千回看圓月難逢幾度新

淒絕瀛寰回首處煙波江上問迷津

贈施學詩先生 先生名淑儀清才麗思工詩幼隨父宦游湘南早賦離鸞抑鬱不勝著湘痕吟草及冰魂閣集多憂鬱悱惻之作

白蓮花下酌瓊杯瀛島羣仙逐隊來海氣如虹橫劍影

月華似水見詩才亭亭亮節風前竹濯濯寒香雪裏梅

十載緇幃頻獨坐手栽桃李一齊開

別夢離愁筆一枝楚騷哀怨寫相思吟來杞婦城應圮

彈到湘靈瑟總悲黃鵠調成長恨曲青鸞譜入斷腸詞
試看背影題蕉處滴滴蕉心淚雨垂先生曾有背影題蕉圖
騷壇健將氣如虹詠絮爭誇謝女工湘水草生悲夜月
楚雲花發怨秋風璇閨應少遺珠憾冰魂閣集尚未刊行彤史羣推
續集功莫說掃眉才力弱筆端光燄自熊熊
韋帳瞻依已十年拈花重拜散花仙班書屢續知非易
女誡親承豈偶然雅喜吟詩還學禮不嫌問字更談玄
拚將幽怨鎔流水且誦南華第二篇

歲暮雜感步施學詩先生原韻

駒光荏苒又殘年長夜迢迢雪後天短檠與誰商舊稿
苦吟猶自聳寒肩篋中書卷多零亂眼底江山惜變遷
世事茫茫增感喟重衾坐擁不思眠
弱質徒傷莫拯貧寒烟冷突怕添薪運籌妄冀抒時局
說法徒勞覺世人愁鎖眉痕荒黛譜暗翻舊曆紀新春
年來怕取離騷讀蘭芷無言總愴神
大雪漫漫長夜愁亂離身世復何求關山月色胡笳咽
戎馬風塵國事休四海瘡痍丁浩刼一生荏弱奈横流
哀江南賦空餘淚淨土於今幾片留

寒窗梅影落清樽人似寒梅合斷魂酒熟偏邀吟侶醉
詩成難與俗人言月窺紅線囊中劍風掩青琴曲裏門
佳興已隨年事減無心重掃舊眉痕

歲暮雜懷

雨雨風風秋復春一經回首一傷神朱顔綠鬢華妝艷
黄卷青箱慧業新感事頻添雙袖淚苦吟又是一年身
依然落拓書生態慚對菱花鏡裏人
黄花淡淡對斜暉籬落金風上客衣孤雁嘹空春夢遠
殘星照戸雨聲微悠悠壯志誰人問脈脈秋心與願違

最是鄉情難遣處故園霜重菜根肥
世事滄桑一局棋一成一敗又何悲白楊衰草埋愁地
金粉煙花得意時絕塞風雲多變幻中原人物正紛馳
阿誰去擊中流檝淨掃欃槍慰所思
一抹殘陽匝地斜霜林處處噪寒鴉文章莫挽神州刼
寤寐常思河漢槎露白葭蒼驚斷夢風淒月冷咽悲笳
廿年舊事休回首詠絮空教續謝家

感懷 次漁洋秋柳四首原韻

天涯何處不銷魂寂寂斜陽閉院門紅杏枝頭春燕影

碧雲溪上晚煙痕行吟拄杖高低路登眺憑闌遠近邨
惜取少年金縷曲傷心世事不須論
到處翻飛白似霜繁花零落滿池塘寒窗叢茗裁新稿
雨夜挑鐙檢舊箱三疊淒涼隋帝子一樽幽怨小秦王
風飄帘動知何處莫是前程近酒坊
輕颸吹拂五銖衣乘興重登舊釣磯鳥語鈎輈秋色晚
殘鐙明滅漏聲稀絲絲細葉因風墮裊裊晴煙繞渚飛
歲月忽驚人事換前塵回首素心違
南來淮水最堪憐隔岸家家起暮烟翠幙清歌長宛轉

紅樓春意倍纏綿紗窗寂寂仍孤影玉漏迢迢又一年
底事莫教回首望殘絲依舊映池邊

秋懷八律用少陵秋興韻

蕭瑟金風鬱滿林參天古木氣森森一庭涼月自明滅
萬戶炊烟時暖陰大海風雲增客夢中原離亂繫人心
滄桑世事何堪問愁聽聲聲入夜砧
荒村日落路橫斜身世滄茫感物華關塞蕭條人怨笛
江湖憔悴客乘槎月明霜冷淒征雁風急天寒咽暮笳
寂寞疏籬秋色晚捲簾人影似黃花

疏星三五駐斜暉寂寂殘鐘向晚微江上白雲隨雁斷
山中紅葉逐人飛風前逸興因秋發酒後豪情與願違
太息江南千百郡關心唯有野花肥
飄搖世局等殘棋露跡萍踪我更悲明月登樓懷古意
黃花照影醉歸時蒼生野外啼寒遍白騎金門待詔馳
烽火連江誰起舞中流擊檝有所思
登高橫矚舊河山拄杖閒行莽棘間寸草有心憐日月
獨夫無力挽江關渚中蘆荻縈秋夢門外風霜老粉顏
逝水年華增夙感無才續史敢希班

啁啾小鳥怨枝頭笳鼓聲中一院秋叢菊未開朝露薄落梧已掃晚風愁空林日暮憐烏鵲孤渚霜寒宿鷺鷗總是蒼涼身世感瀟瀟風雨黯神洲

漢家上將立奇功策馬關河落日中午夜悲笳沉落月秋窗成夢冷西風談兵海上天方白摩劍燈前淚欲紅作賦空教哀庾信煙波何處問漁翁

歷歷山村徑自迤行吟晚眺立寒陂野人放宕歌三疊詞客攄懷筆一枝鷗鷺銜寒秋水涸江山如夢白雲移蕭騷俛仰終何事愁看隋隄弱柳垂

紙鳶

高飛寶寶碧雲邊蕩漾蹁躚態欲仙莫道微軀兼薄骨扶搖亦可上青天

秦淮春泛

白石闌干映碧流絲絲柳線拂船頭綠波雙槳經行處雨氣晴光罨畫樓

春日郊行

桃李盈盈二月天踏青南陌醉芳筵簪花鬬草尋常事莫使流光負少年

夏夜

斜月玲瓏罨畫屏納涼荷院倚紅亭劇憐小妹嬌痴慣
紈扇兜來點點螢

秋郊即景口占

無數寒林噪暮鴉幾家秋色惜黃華斷鴻零雁西風勁
野草閒花落日斜

除夕

短檠殘更欲曙天呼童打點畫堂前新妝未了桃符換
轉眼明朝又一年

元旦次前韻

一院紅霞落九天凝粧却立鏡台前屠蘇笑勸雙親醉
今歲康彊勝去年

寒梅

羅浮香夢覺來遲疏横影斜笛一枝祇許高人得幽賞
不教繁艷合時宜

田園雜興

蓮葉田田西復東薰風起處碧雲濃春醪未熟新苗長
照眼榴花似火紅

秧歌聲裏正梅黄十畝人家五畝塘三日晴陽一日雨
卜他秋穫滿空倉

玩月

半院蟲聲滿徑烟涓涓涼露晚霜天淒清一曲風前笛
賺得玉樓人未眠
清光入戶照柴扉驚起鴛鴦池上飛貪看一天銀漢影
任他花露濕秋衣

詠菊

獨坐高齋思悄然秋懷正憶菊花天試從陶令籬邊過

瀟灑臨風態自妍

西風翦出錦絨堆簇簇霜華次第開涼露滿身天骨傲
任他風雨破秋來

秋日登鰲山

海氣山光一望開扆宸依約認荒苔登臨不盡滄桑感
落葉翻風舞幾回
迷茫煙樹萬人家一角孤城日半斜飛鳥自來還自去
倍增愁緒到天涯

旅舍

隔宵燈火尚微明黄葉堦前簌簌聲最是鄉情難遣處
一天風雨暗江城
鼇峰十二路迢迢夢裏家山入畫描一抹斜陽煙水遠
歸心愁聽海門潮

讀秋瑾女士詩感賦二絶

豪情俠骨復奇才熱血雄心照夜臺何事不開金帳匣
劍花偏傍髑髏開
纔起無人顧已違孤山風雨蝕苔衣劇憐殘骨西泠路
唯見深秋白草肥

送徐君安詳張君汝新之申

前程折柳送君行相對無言百感并約到梅花開似雪
綠窗明月話離情
三疊陽關喚奈何忍將別淚溼輕羅勸君惜取青雲路
探得驪珠障海波

冬夜懷施學詩先生

露冷霜濃意欲銷滴殘清漏夜迢迢角聲吹破寒宵夢
坐起挑燈讀楚騷
經秋一別繫人思尺素傳來絕妙詞料得惜花吟不倦

月移梅影上窗時

寒夜懷三姑母

閒來百事總無聊獨倚闌干恨未消却憶綠窗針黹罷
談詩拈韻自逍遙
窗明几淨漏聲遲寂寂蕭齋把卷時忽報枝頭靈鵲噪
莫非明日是歸期

自題小影

辜負韶華十八年一經回首一淒然空階花落苔痕溼
不許人憐祇自憐

流光荏苒暗心驚愁聽寒蛩唧唧鳴故我依然潦倒甚
曾無涓滴慰親情

登樓望海感賦三絕

水光瀲灩映紅霞遠樹低迷日影斜遙望隔江烟盡處
綠陰深護是誰家
登高忍看舊河山落日征城路一灣烽火連天秋色晚
愁雲捲雨黯江關
海西風雨苦相摧大好河山付刼灰棖觸中原薪火厝
芝罘山下戰雲開時青島有戰事

贈別徐張二君乙卯春

相約奇文共細論同心情誼復同門送君此日天涯遠
寫得詩成盡淚痕
頻年襆被倦長征往事思君百感縈珍重前程勤自愛
各將奇抱鬱雷鳴
匆匆又賦别離辭愁絶長亭折柳枝此去寓樓春夜短
月明應起故鄉思
十年情誼兩依依把酒談心願未違道得一聲珍重去
藕花香裏待君歸

與慧文夜話

寒風颯颯晚霜天細訴幽情兩不眠試寫新詩工未易
一窗花露漸如烟
漫漫長夜黯心驚怕聽砧聲雜雁聲最是月斜人靜後
商量詩句一燈明
記得西窗翦燭時論文澈夜費研思十年飄泊知音感
悔我春風識面遲
楓落吳江葉葉秋感居臥病淚雙流何時掉動蓮花舌
玉屑清霏爲解愁

哭徐漱蘭女史四首

宣南曾記賦長征彈指光陰百感并泉下若逢知己在漫將幽恨訴平生

白水青山路幾千吳頭歸葬劇堪憐只今萬壽山前月一樣淒涼似昔年

謾言短夢與輕塵玉碎香銷幾度春畢竟芳魂返不得粧樓愁煞畫眉人

香泥三尺葬桐棺話到滄桑淚暗彈淒絕簫聲來午夜不堪腸斷是離鸞

哭徐安詳女史六首

優曇一現歎浮漚小刼塵寰廿一秋此日哭君傷往事
驚心風雨滿江洲

漏殘夢短暗心驚髣髴音容眼底明九月霜華寒徹骨
淚彈紙帳咽無聲

綠波南浦送君行壯志思屠大海鯨空有木蘭英氣在
劍光燭淚尚分明

浮生能有幾多時短夢輕塵我亦悲寄語孤魂休夜哭
屋梁落月有人思

哭君難覓返魂香濁酒靈前奠一觴塡海難償精衛恨
白楊黃土總淒涼
淒淒薤露暮雲低窗外聲聲杜宇啼從此幽明常異路
舊遊回首怕重題

秋白詩存終　　崇明嚴洪江志宏校

秋白詞存

崇明孫景謝秋白著

浣溪紗 金陵秋感

黃葉蕭蕭咽暮流西風愁起曲江頭擣衣聲裏秣陵秋細雨夢隨孤鴈遠小樓人坐一燈幽故園消息正悠悠

無限江南烽火情蕭疏雲物自縱橫吳根越角兩難平滿眼塵沙吹北地三秋風雨暗荒城五更愁聽馬蹄聲

漫向蕭梁苑裏遊長齋古佛景清幽斷煙衰艸漢宮秋
流水空悲今日逝落花猶帶昔年愁那堪重上景陽
樓
無復當年燕子飛蕭條門巷傍烏衣滄桑刼後有餘悲
何處相思明月裏誰家笑語畫樓西行行客子幾時
歸
鴻爪無端印雪泥天涯何處寄相思蒹葭蒼水暮雲低
楓冷吳江秋寂寂花飄庾嶺信遲遲關心最是月明
時

前調乙丑春歸自金陵道過申江旅次有作寄志宏

旅舍淒清夢不成一回搔首黯愁生夜深隔巷紫簫聲記得朝來曾喚醒不知此去幾將迎寸心難遣是離情

前調春郊

草色青青罨畫溪小船斜繫板橋西綠楊枝上曉鶯啼蝶陣蜂衙迷遠樹澹煙疏柳繞村堤夕陽芳草玉驄嘶

瑞鷓鴣四首

零落黃花又一年西風吹夢細如烟心驚孤館寒燈夜腸斷荒城雨雪天　閒倚玉簫翻舊譜懶拈湘管賦新篇幾回黯洒思親淚殘柝聲聲客未眠

銷盡吟魂與客魂空餘明月照柴門關山羌笛征人恨樓閣湘簾玉漏匀　紅染霜林秋有信綠消雲鬢淡無痕花殘上苑知多少苦憶江南十二春

客路匆匆去不留天寒休倚最高樓蘆花蕭瑟寒蛩咽籬菊叢殘故國秋　細雨秦淮歸夢促斜陽古渡遠征愁隋堤賸有絲絲柳空對烟江萬里流

何事風姨抵死摧故園牕有可憐枝雲橫歇浦家何在

雪滿吳江客未歸　明月有情隨宿雁青山無語送斜

暉城頭幾點寒鴉色曾繞行人不肯飛

鵲橋仙賀靜孫陸君結婚之喜

芳梅吐艷凍雲散綺依約彩屏深處温郎玉女喜相逢

待重理鴛鴦新譜　柔情似縷佳期如水幾度商量輭

語金閶路上証前因又一櫂五湖歸去

鷓山溪

垂楊小院一樹梅花白檻外又東風何處問鶯消燕息

空階小立無語對斜暉羅袖薄杏衫輕拾翠爭南陌荒城獨夜怕聽聲聲笛愁緒滿江皐渾難忘風情舊日故園何處夢斷碧雲邊思悠悠信沉沉翹首天涯隔

滿江紅 冬夜偶成

倦繡挑燈頻握管春葱僵了須念我幾回呵凍莫言潦草短髮鬖鬖雙袖薄殘更寂寂香煙裊兒紙窗冷月逼人寒蟾魄皎　消不盡閒煩惱檢不盡零星稿看眼前光景又添詩料百歲光陰流水逝廿年書劍閒愁繞待檐前凍雀喚春回梅開早

水調歌頭 歸燕

花落靜無語荏苒惜流光竭來清夢繚亂鎮日傍雕梁幾度日斜風細一樣泥香雨潤深院鎖黃昏歸去最無奈凝睇繞池塘　覺香巢拈小艸一春忙舊家莫問王謝花月也滄桑惆悵天涯羈旅同是凄涼懷抱軟語好商量但願春光好依舊趁歸航

前　調 四月朔偕志宏渡江

吳峰鬱蒼翠楚水碧連天春江一櫂横截斜月闘娟娟堪笑雙鷗解意約略煙波深處來往舵樓前相顧一何

樂風月自年年　指瓜州尋赤壁隔雲烟滄桑幾度變易此意更纏綿笑酌金樽斗酒洗盡古今愁恨沉醉水雲邊慷慨長歌裏燈火過前川

長亭怨慢　雪美人用草窗懷舊韵

看依約凍梅深處寂寂瑤臺霏霏庭宇鎮日簾櫳寒香碎玉散幽趣這番摶聚添柳絮因風句紅粉幾飄零算錦瑟年華如許　延佇望長亭路杳夢繞碧紗窗戶素琴悠咽儘彈入相如詞賦漫倚樓暗數佳期問脈脈此情誰語忍一片冰心付與西風寒雨

壽樓春 春柳

搖東風千條映紅樓半角流水南朝是處低迷飄蕩畫檐風高花事盡春無聊正舞餘依依纖腰記小苑烟濃長堤雨過頻夢灞陵橋　金閶路村帘招有傷離舊淚酬恨新醪恰是淸明時節客懷今朝紅杏底啼鶯嬌聽隔江誰吹瓊簫忍重賦陽關羈愁未消憑畫橈

曲游春 遊玄武湖步艸窗禁烟湖上薄遊韵

曲徑斜陽裏颺淡煙叢柳織雲如織燕侶鶯儔趁晴芳爭入青葱林隙簾幕深深隔聽是處鳳笙瓊笛看幾枝

似火紅榴粧點水光山色　紫陌村帘飄碧望城上高樓湖畔金勒歌管南朝賸繁華舊夢粉銷羅冪家國悲蠶食奈眼底關河岑寂聊一樽痛飲花前醉將自得

龍山會 莫愁湖觀荷步夢窗載酒雙清原韵

檻外晴雲罅瀲灩湖光六曲欄低亞採香尋別浦清歌起斜日煙波城下濃淡總相宜問誰最風流艷冶更堪憐湘簾乍動如珠露灑　彌望十里江南翠蓋霓裳縞五陵裘馬晚妝斂未墮曾記取簫鼓西湖遙夜荏苒物華休憶前事閒情欲寫醉花底淡月一鈎天上挂

眉嫵殘月

正微風搖竹玉露侵楓如水夜天碧眉黛含愁意淒涼影更深猶伴孤客又添別恨料素娥知也憐惜黄昏後小院簾櫳靜數清漏空滴　贏得閒愁山積便玉梅如雪誰倚瓊笛目極揚州路銷魂處春風楊柳猶昔鶯消燕息問何時重訴岑寂但煙水蒼茫雁一聲寥天白

綺羅香翁大人六十生辰

綵勝初簪春衣乍試二月江南酥雨漫度芳辰燕拂畫堂深處正筵開桂酒瓊漿又花繞雕闌瑤樹儘長安倦

旅歸來朝朝載酒曲江去　韶華渾似流水惆悵天涯
寄旅東風如許白下蘋洲閒對夕陽鷗鷺望金鰲十二
奇峰盡化作絳雲千縷漫無聊老去參禪夜窗還自語

秋白詞存終

崇明嚴洪江志宏校

跋

嗟予婦秋白之亡忽忽一載餘矣其音容笑貌雖與時偕杳然睹見遺墨英氣躍然楮上蒼涼悱惻如秋風夜起木落猿嘑使予把卷傷懷不忍竟讀者則秋白固有未死者在焉秋白以詩人工爲窮愁之音往往促其天年遂置詩不復談壹志於教育自卒業東大歷任武林松江教職循循然忘其心之瘁力之疲以至於身殉嗚呼傷已猶記金陵同學時長夜擁坐暇日淸遊秋白輒背誦其舊詠新作相爲笑樂因走筆錄之得如干首孰

料即資爲今日付梓之需嗚呼傷哉此區區者不足以盡秋白又豈足以塞予之悲嗚呼秋白往矣讀其詩猶髣髴其音容笑貌如疇昔相對時我烏知不見秋白又烏知秋白不見我之捧其詩而讀讀而長吁短歎也耶嗚呼吾之悲果何時可塞豈將永與此稿長存耶庚午季冬志宏嚴洪江跋

完

陳乃文 撰

鳴鑾集〔存目〕

民國二十年（一九三一）排印本

提要

陳乃文《鳴鸞集》

《鳴鸞集》，陳乃文撰，民國二十年（一九三一）排印本。詩詞合集，由其夫張中楹譯成英文結集印行，收詞九闋。陳乃文（一九〇四—一九九一），又名蕙漪，上海崇明人，出生於官宦世家。先後畢業於上海神州女學、上海持志大學。終身從事教育工作，曾在暨南大學附中教授國文，暨南大學文學院教授韻文，培成女子中學任教導主任，後創辦治中女子中學並任校長。解放後，陳乃文任職於光明中學，晚年被聘爲上海市文史館館員直到去世。

陳乃文於民國間存詞並不多，二十世紀八十年代又有自印本《蕙風樓燼餘草》，亦爲詩詞合刊本。陳乃文詞作頗爲清新俊逸，據其《蕙風樓燼餘草》云：「余年方十二三，即學爲吟詠，藉承親歡。先君嘗詔之曰：『女子作韻語，既戒纖巧側艷，尤忌苦語哀音。纖巧則失凝重，哀苦則損福澤，皆非所宜。』余敬聆嚴訓，永銘於心。」（陳乃文《蕙風樓燼餘草》自序，《陳乃文詩文集》，上海社會科學院出版社，二〇一三年，第四十六頁）父親的教導對其畢生的創作有重要影響，故《鳴鸞集》中所留存數闋雖皆爲秋思、離情一類傳統婉約之作，倒也清麗靈秀，頗有韻致。

鄭道馥 撰

素心閣遺稿

民國二十一年（一九三二）鉛印本

提要

鄭道馥《素心閣遺稿》

《素心閣遺稿》，鄭道馥撰，民國二十一年（一九三二）文嵐簃古宋印書局鉛印本。國家圖書館、復旦大學圖書館、北京大學圖書館、南開大學圖書館、中國人民大學圖書館等有藏。前有「文嵐簃古宋印書局承印」字樣和去疾署「素心閣遺稿三卷」，並有「歲在玄黓涒灘刊於舊京」字樣，張蘭思、戴姜福爲之序，後有《素心閣遺稿》目録，末有其子曹岳峻跋。卷一、卷二爲詩，卷三爲詞。

鄭道馥（生卒年不詳），字蘭真，虞山（今江蘇常熟）人，曹巽軒室。鄭道馥幼讀詩書，及歸，謹於婦職，然亦不廢文事。晚年所作不多，「春秋漸高，又每痛女教之衰，撫時感事，鬱伊多病，以是詩詞已不常作，作亦輒棄不自惜」（曹岳峻跋）。所以《素心閣遺稿》「以少作爲多，晚近之作十不過一二」（曹岳峻跋）。從鄭道馥集中作品來看，以寄意林泉、傷春悲秋之作爲多，其中詠史諸作較有特色。鄭道馥曾作《宫閨雜詠二十八首》，以褒姒、莊姜、齊姜、西施、虞姬、鉤弋夫人、卓文君等二十八位歷史上著名的女性作爲吟詠对象，也表達了自己對歷史的看法，頗有卓見。如詠王昭君一首：「獨留青冢表幽貞，婁敬何嘗禍到卿。若問和親誰作倆，商朝即有散宜生。」表達了對昭君和親的同情。而在其詞中，詠史類作品尤佳，如《滿江紅・岳王墳疊前韻》，慷慨激昂，一改其平素婉約之詞風，融歷史興亡之歎、壯志難酬的遺恨與對奸雄的批判於其中，使得詞作顯得深沉而悲壯。這與其「憂世之深」不無關係。鄭道馥雖常以傷春悲秋來隱藏其懷抱，然一種無可遁匿的歷史使命感使得其又不能不關注歷史，並有所抒發。作爲一名從傳統社會走來的舊式閨秀，雖然其未接受新學的浸染，然而面對朝代的更迭，紛繁的歷史局勢，時風所向，使得其不能完全疏離於政治而沉浸於小我的情感世界，這或許也是這個新舊交替時代的一個特色。

素心閣遺稾三卷

玄度署

歲在玄黓涒灘刊於舊京

序

虞山窈窕，尙湖澄泓，地靈亭育，權輿文學。儒風彬彬，歷禩邈邈，秀媛間出，遠紀莫殫。盛清初葉，化濡閨壼，長眞綺麗，韞玉春容，家有專集，譽流萬口。自餘邾莒，風雅附庸，紛如葳蕤，不離正則，雖顯晦殊揆，而脩尙可思焉。蘭眞夫人生丁末造，學紹清門，妙解燃脂，揚芬彤管，嬖娩宛若，受伏生之傳經，織素天然，稱關家之不櫛，是宜美對遂號大家。隨婿上京，誦書東觀，戾辰治具，頻來嵇阮，嘉賓德象，作箴傳編，金張舊族，擘箋隸韻，對鏡簪花，秋月春風，於斯爲適。而乃冰暑倏易，陵谷屢遷，世難鉥心，商聲盈耳。風雨如晦，則意繭獨繅；田園將蕪，則眉稜常掩。時復屏風數曲寄意林泉甲第一區稍營花木然而歎昆明之刼火浮梗都非恨織女之機絲買珠何益廿年離亂百歲淒涼每欲捐棄筆硯翡翠胥藏馴至殗殜衾裯鵂鶹晝叫瑤華流水千古傷心吁可悲已今展斯編撒鹽昔吟擣網新製撥灰細視遺蛻僅存虀辛誰辨劒觚猶爛能無摧孫楚之懷更安得徐陵之序僕論詩窺閣常過信國祠前薦醑牽帷言近棗林寺畔編末又有聽蛙病起唱酬諸篇遡往綦而已迷緬芳徽其如接詞慚黃絹心儀紫鎗述茲懿藻慰我斷金庭蝅亂鳴掩卷於邑辛未秋日張蘭思

序

詩者心聲孝乎家政二南多宮闈之作百世惟胎教之宗隆周盛軌有如此舊族餘慶靡不然王綱墜而風雅亡漢道興而樂府起魏晉春華是播唐宋祿仕爲階其於四始六義之原温柔敦厚之旨或離或合彌降彌卑大羹玄酒墮理窟而無文下里巴人和盲彈而不韻主客優孟羚象禪和特舉孤標便稱高蹈至於玉臺著詠璇璣織圖自儕繡虎雕龍兹等鳳毛麟角吾友曹君巽軒淑配　蘭貞夫人四德世範三絶家風少馳謝庭之譽卒共皋廡之隱于職中饋弗耀長才興至留題以自娛吟成棄置非所惜大命不凝未耆溘逝　巽軒裒其殘稿待付手

民一時茂倩神傷越歲巫陽詔下孝標世講克承先志乃與巽軒遺箸同刻聚珍凡得詩詞三卷授簡請序雒誦一過懷感百端粤自廿年離黍三度滄桑紛紜天下英雄寥落吳中文史蒓羹鱸魚膾賢大夫不乏知幾琵琶鮮卑語佳子弟自堪問世美人睠其西笑塗山始爲南音於是喬木改柯六經束閣妃豨任夫天籟競病屬諸粗官而方宗周行於鼓簧贈越人以章甫幾何其不玄文瓿覆論語薪炊然則飲棬而思存澤納楹以貽裕昆陽元習經溯篓義於三百子穀隨俗守慈訓於東征孝標於此其庶幾焉豈徒爲林下揚風閨中垂則云爾哉

玄黓涒灘之歲孟冬癸酉朔年侍生戴姜福綏之甫敬序

素心閣遺稿目錄

卷一詩

步應鉅弟小園雜興韻二首

夏夜

秋日齋中偶得長句示諸弟

霜葉紅於二月花五首以題句蟬聯押韻

雪霽散步

山窗雜詠十二首

贈兄煦萌

秋日寄陳仲梅閨友

陳君字仲梅余字梅鄰於霜娥並有香火緣因贈一詩

新秋

秋夜
書懷四首
溪樓夜坐
觀潮
夢游蓬萊島
梅里行鐙竹枝詞六首
初夏二首
消夏竹枝詞十二首
夏日雜興八首
秋夜四首

初春

早作

花生日

雪夜

行路難

蠟梅二首

饋貧糧

春雨累日書悶

鼓琴二首

暮春

卷三詞

目錄終

素心閣遺稿

吳郡曹鄭道馥蘭真著

卷一　詩

歲朝

梅花香裏敞瓊筵，喜奉霞觴長老前。酒舉屠蘇延慶地，聲聽爆竹響明天。畫堂蠟燭高能照，蓬戶桃符換更鮮。一炷爐香告蒼昊，但求處處報豐年。

二月十六夜會潮樓隔岸偶停一舟人聲喧甚幾不成寐用非昔居士韻

隔岸方停一葉舟，觿聲初靜語聲稠。樓頭月上驚飛兔，渡口風

來醒夢鷗春水桃花時欲漲早晨菰菜近堪求夜深不寐偏難寂不覺中天轉斗牛

晚泊

停泊滄江晚人家半掩門亂雲秋水渡老樹夕陽村煙漲迷新綠潮平没舊痕倚篷眠未得歸思月黄昏

夜雪

午後霏霏雪深宵尚有聲却消三徑墨更見一窗明竹窗枝全伏松寒幹獨擎盆梅亦何幸對榻伴人清

喜晴同心鍵諸弟小酌渡春舫

落日半天紅雲霞亂彩虹池明雙鷺雨樹響一蟬風枕簟秋涼

早琴樽樂意通定然有新月坐待小窗東

晚晴

天風吹宿雨花落萬枝稀春去憐紅瘦雲收見翠微一帘村酒熟三月海魚肥唱罷淋鈴曲西山挂夕暉

園居步應鉅弟韻

四圍都用竹籬笆草草經營近水家長日閉門三徑草應時陳几一瓶花樓頭有月池先覺渡口非風柳亦斜擁得圖書千萬卷此身原是舊生涯

應鉅弟原作

閒將新竹補籬笆茅屋三間小世家徑怕沾泥鋪石子簷愁

射日種簳花長隄柳暗鶯時囀曲檻風回竹自斜最是園林

餘樂事阿誰贏得此生涯

步應鉅弟小園雜興韻二首

午過槐風共納涼梅花一曲入瀟湘夜來滿地淡黄月獨倚樓

頭弄笛長

小園風景對依稀寶鴨鑪香一縷微閉却碧紗窗六扇不教花

影上人衣

夏夜

讀罷離騷望碧空凝情欲喚一天風經旬不雨星加密明日添

炎月更紅苦熱反眠清晝裏迎涼每坐小庭中新方學得消長

夜數卷殘書意自通

秋日齋中偶得長句示諸第

無語憑闌還自便有人伴坐最相宜欲深學道惟開卷怕起爭心不下棋雨苦連宵因旱久年逢閏歲得寒遲（是年閏六月）世間何物堪長久只有垂名萬古知

霜葉紅於二月花五首以題句蟬聯押韻

霜葉紅於二月花密林風景夕陽賒遥鋪山外重重錦亂點溪邊片片霞莫道共來迎社燕爲看滿徑染寒鴉秋光漫說無佳色更比春光幾倍華

更無山色四圍遮霜葉紅於二月花野外牛羊歸故道秋邊鴻

雁落平沙人如松柏老尤健地愛山谿僻轉嘉呼僕驅車還小駐坐來便欲問胡麻

晚景風光滿處賒遥看雲樹護山家菊花黄落三秋葉霜葉紅於二月花遠處青山應未出近邊綠水最堪誇行人擬入桃源路忘却人間舊歲華

半天爽氣上征車此地停車愛物華滿目楓林人欲醉一帘茅店酒堪賒人心潔比三冬雪霜葉紅於二月花若把此情留逸句自然身染赤城霞

漫說秋光不足誇此間無日不繁華一年常若春仍在萬物還當老更嘉儘讓羣芳閒鬬色獨羸晚節醉流霞從知只有丹楓

色霜葉紅於二月花

雪霽散步

一洗凍雲淨峭風吹路晴斜陽滯古渡積雪墜荒城野曠睡牛

穩林寒饑鶴鳴歸家輒自負身若游瑤京

山窗雜詠十二首

錯疑窗外玉人來過臘還存一樹梅苦恨封家姨十八爲花當

築避風臺

居然管領蕊珠宮捉句嫣香膩粉中約得鄰娃文字飲不隨兒

女鬬青紅

香芸已爇水沈燒苦望脩途覺尚遥恨煞芳韶偏負我不知是

我負芳韶

擬奪名山著作林半癡半懶到如今訴來惟有月能聽願鑒閨中方寸心

十畝花田一草堂借他芳色佐文章梅君蘭友妙香溢第一應推螺墨香

佳茗佳人香色天碧螺春瀹中泠泉楞伽十種浪矜詡能夠掌花方作仙

減却吟腰增却愁閒參物理莫同謀梅梢老鶴冬冬尤健鸚鵡驚寒不耐秋

左右青山前後江月雖孤影與花雙晦堂禪悅欲參證一陣木

犀香過窗

骨傲秋霜色傲霞隔千年尚屬陶家從今入我新詩卷不算陶花算鄭花

無數山痕佛髻青看山夢尚泛煙汀梅花要築藏嬌屋結箇紅羅小小亭

列坐圍鑪皆翠娥酒闌微覺素顏酡幾雙冰筋草檐結莫手攀將蘭口呵

家在虞山最上層冬〻心一片玉壺冰嫦娥識我讀書處白者梅花紅者鐙

贈兄煦萌

人生非讀書惘然面牆立絳灌無文章靦顏位三揖哲㬥英妙年緘箱富篇什學果植根柢語自杜沿襲博文貴約禮合一始推十策必修路振井毋短綆汲鷹隼庶秋奮龍蛇且冬蟄他年徵賢良明廷筆札給

秋日寄陳伴梅閨友

閨中夢作逍遥游振衣天際之鷩樓箇中嫣然一仙子向余不惜青其眸詰晨君忽抱花至昨曾神晤今面謀相逢熟視各無語果然同夢非謬悠子知我知世疇識此外知者神仙儔登余之樓進君饗舊相識矣加綢繆虞山青青排闥入珠簾卷上珊瑚鈎花枝感君脱手贈美人經握尤風流從今不忍自菲薄免

貽他日花枝羞留君信宿君力謝令儂頃刻增離憂剌船無奈送君返放歌驚起芙蓉鷗語君一言愼記取今夕期我瀛之洲

陳君字伴梅余字梅鄰於霜娥並有香火緣因贈一詩

兩家爭此梅花春梅花直欲分其身爲余之鄰作君伴略嫌香國分難勻笑余自矜太無狀欲梅俯就來卜鄰梅花肯否作王翰歡言洽比逾婚姻不如君心尙沖挹伴梅身與梅花親梅花聞之必首肯同心得子偕昏晨君言鄰伴意何別一龕香火非無因梅花卽君亦卽我他年共作梅花神君不見梅妃乃是江采蘋獨非吾輩吟梅人

新秋

高卧東窗下新涼覺有餘遣愁聊習畫排悶便攤書溽暑歸滄海秋風到小廬撫懷無限感此後更蕭疏

秋夜

悶坐空閨寂思量何所求閒多偏作惡夢少每關愁人靜只蛩語月明如水流彈琴復微詠不寐數更籌

書懷四首

題徧虞陽積翠屏今生不算負山靈蘭堪對語心同素柳似初逢眼各青薄暝樓臺窺半月早涼簾幙拜雙星君看位置吟身處玉映冰壺水注瓶

日夕嬌投阿母懷視儂文稾一雛娃常留果品教充饌不記花

名屬署牌書弱戲臨飛白帖樣纖商倣踏青蘐家君況亦加珍

愛剛錫鸞翹又鳳釵

自分名山一蠹魚無緣清祕讀奇書晨窗索畫峯千疊暝閣窺

妝月半梳逃學弟從新雨後歸寧嫂趁落花初近來多病吟尤

懶或是琴餘或枕餘

昭代名家汪允莊勝朝作手葉瓊章驚殘粉閣千鶤鵾飛落詩

天兩鳳凰仙夢祝分青鏤管佛龕勤設紫茸香詞場鼎足儂何

敢或附金釵弟子行

溪樓夜坐

懶與人間事溪樓獨夜情哀鴻集中澤殘角咽荒城遠渚明漁

火方書檢藥名漏殘月漸轉曉寺動鐘聲

觀潮

我來觀潮向潮叱一詩天教裂腕出墨瀾歎薄奇於潮不許枚乘炫才筆潮生潮滅何與人靈胥獨與潮爲神生爲吳王帷幄臣没爲越國風波民驚濤駭浪吞郊闉何如瑶水波鱗鱗銀花雪花新益新何如玉女宫中春乃知神尚出仙下女仙之靈益詳雅公冤久昭氣合平曷仍奔騰砰湃素車而白馬韓文宜海蘇宜潮種胥之識遠遜韓蘇趕錢王之弩亦銷朽惟有昌黎眉山著作星辰昭闉中用是心魄驕摇豪不管齡垂髫觀潮特向錢唐僑詩成擲水驚潛蛟或不隨潮湮没光華消

夢游蓬萊島

靈山非渺茫道經豈穿鑿我來人不逢碧雲蔽岑壑前身我或蓬萊仙建安文骨凌紫煙女仙多感不忘我夢中鸞鶴迎翩翻亦極樂國亦非想天織女停杼纖阿輟鞭前塵影事聽伊說我時回想猶目前神山畢竟異塵世不隨桑海工變遷此瀛洲此方丈向背離合不可以意想彼安期彼叔茂神情態度偪視則目瞀延緜不絕防邱雲千雲萬雲青羽裙衆仙悃然踏雲霧振衣一嘯雲雲分芝生者靈草瓜大者仙棗香海遥模糊飛樓近縹緲身慵暫息瑤華宮興發重瞻集靈島乞丹非欲長朱顏令我兩親永難老天雞何無情猛然一聲叫兩丸靈藥嘗未嘗明

鏡高堂雪如掃何須更上昆侖顛詩成亂落青花蓮子高蓉城

李天姥斯游我足驕前賢

梅里行鐙竹枝詞六首

此地龍鐙本異常竟垂邑志話由長梅里之燈載於邑志世間多少閒遊

輩藉著年豐鬧一場

六街夜夜動塵囂燈燭光芒接斗杓風俗是誰傳不改不元宵

亦賣元宵行燈必在二三月間

人家子弟效梨園高髻輕鈿扮小媛小媛見宋人張瑞龍詩猶弱女也故作一

般紅粉態偏多公子伴黄昏少年多喜擎照面燈

農忙正在二三月村婦因鐙百事闌聽說閒行消百病各拚今

夜試來觀

姊妹相邀暮色蒼偷閒各自理濃妝燈前尚怕旁人見故把羅巾掩面旁

男隨父老女攜孩何處聞鐙不看來用坡公句詎料歡嗔好風景催殘偏付一聲雷二月廿七夜燈始盛來觀者不勝數忽雷電大作雨雹傾盆觀者幾無避所可謂大煞風景也

初夏二首

流光容易老芳菲俛仰乾坤心事違綠野迷濛延晝永亂紅落盡放春歸鄉村四月閒人少風雨空江燕子飛斷送一番惜花意無何桑柘對斜暉

日長天氣困人時桃李成塵綠滿枝芳草有情隨處好落花無

語任風吹關心傷感知多少過眼芳菲悵別離堪奈光陰留不
住遣愁只有自裁詩

消夏竹枝詞十二首

凌晨纔起即炎蒸强對馨肴飯未能却憶田家行樂處香瓜萍
果一盤冰

莫將小事費心裁架上殘書信手開長日空庭人寂静鄰家樹
影過牆來

舊有絺衣不用裁手中摺疊扇常開齋頭已得清閒趣更喜鄰
娃送藕來

静坐書齋閲舊編四圍緑柳映窗前精神到處渾忘倦永晝何

嫌似小年

瀟灑閒庭翠蓋遮荷香風透碧窗紗山家自得清閒福一炷鑪香一種花

倦餘支枕傍疏櫺葵扇輕搖漫自停一榻羲皇風味足起揩雙眼看黄庭

蒲扇横携逸興多空階幽徑小巖阿夜闌人定閒消受風在脩篁月在荷

葛衫輕曳步迴廊掠面更番燕子忙茉莉含珠蘭發蕊空齋一月不燒香

柴門深閉日高時無奈炎威故故遲小榻呼童就深竹重陰護

我撫琴宜

新學奇方消永晝圍棊敲罷漫吟詩鑪香也要金童侍細味清

煙裊裊絲

淡淡雲遮月影黄碧梧深處竹方牀偶然爽氣從空發不是風

涼是露涼

暑難成寐漏三更簾桁無風亦自清月色横空雙鶴唳樹陰滿

地亂蟲鳴

夏日雜興八首

不定陰晴苦濕蒸一朝生計一盤冰臥翻數版書旋睡坐食全

盂飯未能（用宋人句）羅帳暫開驅白鳥竹簾常下避青蠅晚來新月

虛窗度怕見炎光不點鐙
雲過空庭帶雨頻沿階草色亦精神教成小鳥能呼客飼慣遊魚喜近人睡起每嫌湘簟濕浴完初試葛衣新閑門事事都忘却自笑真成懶漫身
日長閑過自徜徉樓角微明下夕陽檻外竹高君子節池邊荷送美人香無心呼月來三徑有句吟風貯滿囊夜漏不知添幾許横斜斗柄水天涼
手捲湘簾鬢影斜迎簷燕子欲歸家梧桐半覆迎風葉茉莉全開傍晚花牆外斷虹收宿雨樹頭新月送殘霞無聊獨向槐亭去先挈磁壺貯冷茶

不爲無絃便廢琴眼前花木結知音時來女伴容疏禮偶看農
書獨賞心竹裏有風聲細細松間少日影沈沈敢云性僻耽詩
句讀罷時還學短吟
殘雲飛盡夕陽明院宇涼從雨後生蛛以一身旋作網蟬將兩
翼鼓成聲摘來晚飯園蔬嫩煮就新茶澗水清半掩軒窗容靜
寄蕭閒曾不許人爭
滿架葡萄作翠屏匡牀且喜此身寧數因偶起爻常准方爲多
傳藥不靈案上學圖新蛺蝶籬梢閒立小蜻蜓誰言白日長如
歲移過紗窗又幾櫺
長夏陰晴未易猜小園曲折面溪隈不須遮日垂楊滿纔要澆

花驟雨來穉子風搖蒲葉扇侍兒酒進竹根杯闌干十二閒憑
處一笑林泉倦眼開

秋夜四首

一夜西風起洞庭簷前鐵馬響冬丁天涯多少無家客鐙下應
教不耐聽

蟲聲唧唧雜清飆室小鐙寒破寂寥可笑苦吟還未睡月陰移
過曲闌橋

青燈黃卷夜沈沈簾隙微涼獨自禁却看碧紗窗外月淡雲來
去總無心

俄聽征雁動天涯冷露無聲濕桂花用唐人句閒向葡萄棚外望還

疑秋思落儂家

酬兄煦萌

莫認儂爲安法嬰提携弱妹仗方平眼中銷盡金銀氣腕底驅來翰墨英徇俗禽非三語掾問年梅亦十年兄人間未必輸天上何必神山絶頂行

村居

略似東西瀼村從一水分楓林紅到葉蘿屋綠成雲筆仿雙鈎帖花輕九錫文枕琴删俗夢夢亦訪元君

月夜

霜重壓闌干玉閨更素紈高秋逼天老明月比人寒孤影竹枝

瘦寸心楓葉丹誰云此宵永讀罷已更殘

夜坐

鑪煙裊裊碧窗紗爲有梅開月倍華寒雁一聲霜已落拋書人倦剔燈花

春閨雜詠六首

蕊雲深鎟綠蘿房帖寫簪花玉指芳休訝阿儂書降格婉龍臨到十三行

莫把羣芳譜我誇小園春色秘層霞瑤濱一朶自天降羞殺人間無數花

水上飛花天際雲觀空有得異香焚阿誰神筆能摹仿撰出無

心入妙文
姊妹由他鬬麗容橍裙絶艷杏衫濃素妝儂自天然樣還有桃
花暗妬儂
夕陽催我上簾鉤高倚紅闌天際樓卻怪人間兒女子柔情只
管替春愁
鴨頭皺浪綠猶新魚尾殘霞紅又皴春自來時春自去笑他癡
絶惜春人

春晚信步

信步一憑眺誰家遺翠鈿碧陰欲無地紅雨別成天稚蜨薄施
粉嫩楊濃鑠煙幽花自珍愛苔石祕芳妍

消夏詞六首

紅粉樓中綠綺琴如何赤帝尙相侵平章避暑眞無策分付移牀就竹陰

離騷點罷筆花香翠幕沉沉午便張若使新涼無可賀倚聲爭說賀新涼

碧陰虛有幾行梧眞欲移家西子湖却笑嬌鬟凝太甚怨儂遲寫北風圖

簾牀襯著綠芭蕉沈水從今亦懶燒當作招涼珠一顆輕羅小扇手頻搖

釵光鬟影會鄰娃鬭茗纔停更戰瓜冰雪肌膚藐姑射前身可

是水仙花

詩家結想已嫌癡揮汗丁丁著甚棋儂有一言人解否安心學靜最相宜

寶劍篇贈兄

寶劍非龍夜長吼光芒熠熠動牛斗青霜出匣鏘作聲蛟鼉驚藏虎狼走秋堂一舞庭月明酒徒無術嗤荆卿侯封萬户仗何物曰千金價猶嫌輕弱妹贈兄出羅袖樓蘭猩紅血花繡隱娘羞作飛將軍孤負猿公手親授諸天殺界紛脩羅願君一一平妖魔羌夷羯戎雲霎時盡斑斑劍血紅霜多

蟬聲

么韻悠揚入耳遲對人高唱動人思槐陰罨綠傳三弄鬟影垂
青引一絲除是華浮清夜露最憐嗚咽夕陽時此生聞道齊姬
化恨費勞勞只自知

夏日詠所居

不信全無暑氣侵柴門日閉撫瑶琴庭空綠借鄰家樹牆矮青
呈隔縣岑曲檻迴風花得庇平橋枕水柳添陰一聲短笛來何
處牛背村童出遠林

採蓮曲

畫船爭入小銀塘各把柔情盪夕陽人似洛神花欲妒地非蘭
澤水含香瀠洄皺浪濕羅韈綽約凌波搴素裳歸去短歌雙槳

綬怕驚葉底睡鴛鴦

秋夜

閒坐空齋寂秋高天宇澄蟲聲亂瓜架月色妒書燈妙意繙香譜虛心訂竹朋村姬餉菰飯飽食我何能

秋晚閒步

日晚了無事蕭然市外遊秋高過一雁野暝宿雙鷗山色劍門迥暮雲齊女愁斜陽送歸路漁笛譜蘋洲

八月十四夜作

博山香篆裊簾旌心事今宵訴短檠世險恒嗟千樣幻月圓尚欠一分明封疆我惜無嚴武閨閣人忘有賈生芍藥薔薇詩盡

汰不甘消受啖脂名

十五夜作

皎潔冰壺湧九霄一年難得是今宵團圞笑語斟瓊爵歷落歌聲和玉簫料得蟾光明萬里懶招鄰女踏三橋遲眠未覺寒侵骨一瓣心香默自燒

村居

紛紛世事不關身願得清閒葆本真秋到畦邊蔬未老雨過野外稻初新一灣溪水傳魚種幾點萍花觸釣綸閑却衡門添樂事此生聊作葛天民

賦得滿城風雨近重陽

淒淒風雨別情牽佳節關心報在先釀出江山煙水景催開籬落菊花天樓臺罨畫浮雲合城郭溟濛遠樹連待到重陽邀姊妹登高漫賦寫鸞箋

卷一終

素心閣遺稿

吳郡曹鄭道馥蘭真著

卷二詩

元宵醉歌

累觴悉傾未縱量香鐙四壁翠樓上今年第一回良宵家筵團
圓月同樣翩躚女伴紛相過玉樽重倒酣金波嫦娥飲子一杯
酒紅霞白雪瑶顏酡張紅鐙炷銀燭二三君子貌如玉若教醒
眼冷相對嫦娥娟然笑人俗瑶臺踏月如金庭萬人海內鐙疑
星月宮今亦定高宴嫦娥未必靈均醒仙娃無數控虬鳳瓊樓
玉宇晅華凍吾曹對此宜消愁歌則須高飲須痛玉簫爲我毋

吝吹錦琴爲君不辭弄蹉跎若放今宵過明日相逢儼如夢

梅花絶句十首

任他穠艷笑春風寒谷陽回數點中莫數沈香亭北事梅妃當日住樓東

玉骨冰肌冷不瑕前身認得婉陵華空山獨立任遲暮天地心偏存此花

亭皐冷望但如雲香暗惟應偶一聞獨有陶詩差可擬漢書滋味却輸君

一卷吟還字字香佳人世外耐冰霜含章冷臥花盈頰公主嫣然想壽陽

我見梅花醉亦醒一枝偷折水西亭宵深欲與尋詩夢紙帳香

生玉膽瓶

行雪勞他萬玉妃催君火速到荆扉笑儂凝絶立相等衣上六

花零亂飛

閲二千年長短吟僅傳花貌略花心暗香疏影多沿襲誰寫梅

花冰雪襟

笑殺詩狂袁子才尖新句子欲嘲梅黄金不是梅花用未失高

人品格來

小雪天過大雪天一枝開必傍林泉他年若果修花史附傳惟

應屬水仙

休論蕙果與蘭因形影何容俗士親惟有玉人和月折算非唐突此花身

初春

寂寥人坐小迴廊嬝嬝鑪煙柏子香舊臘餘寒添薄病晚風送暖試凝妝梅梢已見天心復茶味何如詩思長正欲呼鬟安筆硯那知偷放紙鳶忙

早作

丁當鈴索畫樓東一枕醒來耐曉風池上鴛鴦棲尙穩花間蝴蝶夢曾同柳眠未起煙迷綠棠睡還濃露濕紅獨倚闌干遥望處蒼茫旭日正曈曨

花生日

小設蘭脩向綺寮花神今日是生朝浴蠶遥想香熏箔撲蜨深愁影過橋特上徽稱談漆吏別尋初度記唐朝唐人以二月十八日爲花朝衆芳歡喜逢懸帨怪道顔容百倍嬌

雪夜

陰雲漠漠風凄凄梅花此夕尤孤悽冰華一剪膽瓶插妝樓借與梅花棲雲陽檄龍赴窮壑吟聲雪聲一齊作神山欲尋藐姑射長揖瑶臺借仙鶴紅塵世界成白銀詩詩雪雪新求新詩無時停雪有歇雪神伎倆輸詩人我心全素眼雙皓瓊樓置身出塵表冷燒銀燭終宵詩天潯玉龍倘夭矯

行路難

行路難川百重川心一失足行人餌奔龍行路難山萬疊山椒一失足行人隕長鼃行路之難亦云旣行路之難實猶未行人性豈耽山川行人意將獵富貴求富之危百倍航大川梯貴之險萬倍淩窮山山川每足底富貴非目前原嘗春陵作無日嚴徐東馬榮何年徒山川之勞勞無富貴之陶陶霜滿乎佩刀塵滿乎征袍親憂增其二毛妻生謡其兩鬢行人曷回山川之驚軺駭艘行人曷投富貴之紫標朱旄改行爲息吟牆蒿易路爲家賡園桃轉難爲易輟用兵而歌城漕左手持螯右手把醪閉門讀二十五篇之離騷

蠟梅二首

同是梅開畫閣東奇花名錫小園中枝頭勝似蜂融蠟檻外渾如麝過風國色生香將雪妒春光暗地隔年通輸他獨殿羣芳譜歲晚還能頌壽翁

北風暗暗送香來耐得嚴寒夜半開磬口本非凡卉種冰心何必占花魁年年不管春消息歲歲相逢蠟剪裁舊號一從山谷改至今誰復說黃梅

饋貧糧

饋貧糧法善良富家酌濟困年若無饑荒饋貧糧計久長貴人力扶賤道可無流亡倡之一人一家行乎一閭一鄉鉅富爲衆

富先如五音之先宮商衆貴步首貴後如六代之後齊梁袪民生之饑涼劑天行之雨暘鸞儀鳳舉其施也有光鳩形鵠面其來也戒行嘉惠露溢歡聲雷硠祝富與貴永壽而康朝有粻暮有漿能不咽夫糟糠親有裳孥有襠可不慮夫冰霜非然者貴不閔賤如豺狼富而忘貧如鷙鴟勢將老羸𩫖溝壑或恐蕉萃連姬姜亦有狡猾庸無豪强必驅王臣作盜賊曷嘗人人皆首陽然則是饋者爲苦海之慈航是糧者爲聚窟之神香創是饋貧糧者爲宅生之上相爲度刼之法王

春雨累日書悶

春風連朝雨連夕芳塘漲添兩三尺閨人掩扉慵踏青不見香

泥印纖迹今年二月鶯無聲但聞杜鵑夜啼亟雨聲尤怕來枕旁偏到三更側淅瀝人心年來非昔民何堪水旱更相偪平生一片憂時心偏不冠裳乃巾幗諸公衮衮羞鬚眉我無青衫淚常溼閨堂自昔多賈生誰對彤廷治安策

鼓琴二首

鐲忩花中春晝長先令侍女爇鑪香泠泠一曲水仙操才欲安絃心地涼

琴牀密坐鬟雙清彈得梅花夢亦醒不獨臞仙是同調夜涼還有素娥聽

暮春

春色尚匆匆花飛枝不空流鶯啼暗綠粉蝶怨殘紅風信連番

遞雲山一徑通碧窗閒歲月甘作蠹書蟲

立秋前一夕

微雨洗蒸鬱銀河天上横三更望流火一夜轉商聲落葉有時

響涼風故意生如余覺秋早兀坐待天明

七夕立秋

靈筵乞巧上鍼樓縷縷微雲淡欲收天上正當今夕會人間難

得此宵秋橋横霄漢雙星渡井上梧桐一葉流笑語中庭設瓜

果詩情更比去年幽

猛虎行

有虎有虎道旁伏白晝公然攫人肉天既生汝不汝饑山中豈少豕與鹿今日貧民徹骨貧此骨何堪充汝腹充汝之腹快汝心可憐妻子晨昏哭安得奇人如馮婦一朝怒逞善搏手安得異獸如六駮駮形如馬牙如鋸能食虎豹令彼盡食無餘口嗚呼猛虎爲害思早除更有猛於虎者將何如

宫閨雜詠二十八首

外廷燎火曙爭輝風引琴聲出禁闈永巷不勞簪珥脱中興天子正宵衣姜后

龍漦誰見走庭中從此西南轍遂東悅盡萬方方一笑驪山烽火豈無功褒姒

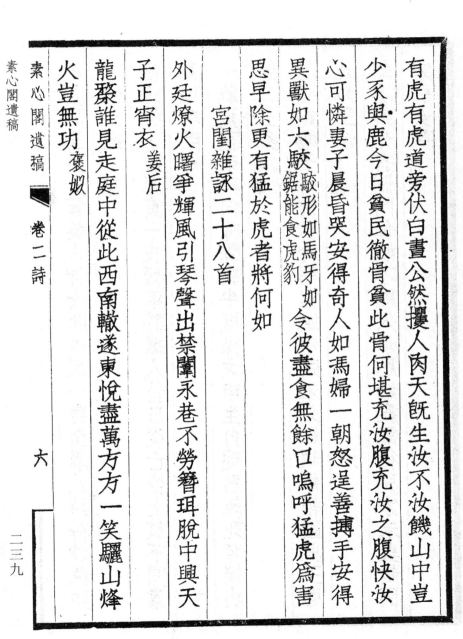

不獨陳王美女篇美人神女賦嬋嫣一身全屬風詩料妙色如
來淨土蓮莊姜
密謀桑下想應真一夜輕車醉遣人他日從亡皆上賞不聞蠶
妾作功臣齊姜
十載薰猶奈㚖何啼聲夜半抵操戈申生自愛君親死奪嫡功
歸二五多驪姬
屬鏤劍賜子胥沈秋冷梧宮絕幸臨未必紅顏知報國吳王恩
比越王深西施
却讓夷光有洞門仙娥不願久承恩嬌癡認得兒家末吳越同
宗弱女孫鄭旦

玉顱生割劍花秋惹得重瞳淚亦流請問漢家功狗輩辟陽何
績也通侯虞姬
劉徹猜心甚阿瞞拳姬被殺太無端若真玉匣骨難葢愁煞人
營通替棺鉤弋夫人
值得因卿典鷫鸘天將豔福寵貲郎儻然新寡卽偷嫁爭爲茂
陵堅作孀卓文君
獨留青冢表幽貞婁敬何嘗禍到卿若問和親誰作俑商朝卽
有散宜生王明妃
團扇歌成失寵姬幾曾同輦悔輕辭唐山樂府登郊廟幸及朝
廷最盛時班倢伃

汗青無賴續兄書作贊丁卿玉不如莫謂雌身羞史職婦人終覺勝刑餘曹大家

玉馬馱來花貌紅真人白水果英雄知公不重作天子難得意中人入宮陰麗華

慧種分明玉在毱辨琴時節未垂髫父書若果貽王粲爭得銀蔥十指鈔蔡文姬

直使宮中妒玉人千秋妒記此尤新椒房一語王孫帝莫大勳猷女諍臣甘后

婚寇因仍易積嫌阿兄平地拆鶼鶼夫人將種生能烈却笑降曹負紫髯孫夫人

國色天生煞費心雙雙快壻洞房陰伯符公瑾緣卿重萬口呼郎直到今大喬小喬

閨朔真應號赤烏環檑臺上美人圖四香天與作後勁織室還存遺像無潘芳

賦出驚鴻意不甘宓妃貽枕本游談十三行却蘭亭亞付與書家筆法參甄夫人

何嘗四美妒銀釭泣別紅冰冷一缸莫信荒唐拾遺記如卿絶色例無雙薛靈芸

神情散朗足儀刑林下追尋夢易醒深致雅人卿自道一天風絮謝家庭謝道韞

壓倒温家玉鏡臺蘭堂麗質笑顔開二劉足繼六劉迹彼僅容華卿更才劉令嫻

足底金蓮足上繩玉容誰道骨雙冰捐芳視若等閑事不做伴嗇王右丞潘玉奴張麗華

阿麽原道鼠非龍黄土宣華恨積胸恰解煙花作提唱司花特命妒花儂袁寶兒

玉尺量才女足驕詩能甲乙盛唐朝平章不有纖豪誤前是昭容後緣翹上官婉兒

該向墉宫一席分相門難鑠美人雲卿家選壻六窗闢姊妹紛拖連理裙李騰空

不隨三國鬬鉛華作賦樓東詞吐葩能效緑珠捐素骨放卿修

得到梅花江采蘋

述懷

富貴焉長在何如慧業修明明天際月閲徧古今秋滌盡榮華

念神仙亦可儔達人多不達遲暮結牢愁

雨夜枕上

欲乞觀音一瓣蓮抑求青桂廣寒仙病偏與我作常住夜亦居

然如小年閨閤料無名世分釵裙或有出塵緣瀟瀟側盡秋堂

枕難覓靈媧補漏天

擣衣篇

秋房寂寞雁聲起玉關望斷八千里誰家少婦勤擣衣一杵離聲月明裏自君遠行役思君不能釋不如牛女星相逢鵲橋夕君心報國一片赤妾心思君一寸白豈無膏沐誰爲容纖眉不掃自然碧秋風塞外早憂心惄如擣霜天玉腕何辭涼鐵衣無温奈寒峭擣衣碪擣衣杵杵杵碪碪思婦語擣衣杵擣衣碪碪杵杵思婦心碪爲之裂杵爲之折思婦之語幽咽思婦之心凄切語語語如雪心心心如鐵擣衣之語或者有時絶思君之心可憐無時畢却恨碪之易裂與杵之易折朝廷何日能罷兵秋防不用征夫征妾宵擣衣君旦著爾時碪杵皆歡聲

織女歎

井梧積葉隕秋緑商聲入夜斷仍續幽蛩四壁相間鳴雖非懶婦織相促遥情脈脈悄無語往杼來梭疾星雨緑紗如煙鐙不光隔煙相望一鄰女月懸瓊窗涼更涼心懸瑶機傷更傷明明此心皭如月十指無聲鳴素霜

乞巧行

銀河耿耿界長空道是女牛相隔處七月七日自年年天帝何時嫁女女讀去聲終年一會只今宵畢竟今宵容易曙一在河東一在西鵲橋隔岸遥相覷不知織女渡河來還是牛郎渡河去人間此夕最殷勤瓜果陳庭香共焚一心脈脈空庭裏欲乞天孫巧幾分玉露無聲夜清悄盤中盼斷蛛絲繞人傳紅右七夕閨秀有將盤盒

致庭中以藕七片疊砌盤內復以蜘蛛一枚致藕上焚香拜之次晨啓視則蜘蛛繞成新巧花樣於藕孔中也不知巧思落誰家得似雙星常不老君不見東家力田婦平生耕饁常相隨早暮不愁苦共樂到頭白首不相離七夕亦作乞巧思蕭蕭茅屋夜涼時合家團聚自歡樂轉笑仙家隔歲期又不見西鄰有才女長恨夫壻去玉堂待得經年不相見黯然悵望悲河梁七夕聽斷玉漏催穿鍼染甲倚妝臺一宵要話經秋別詎有工夫送巧來儂謂常別早輸仙不別亦僅會百年天公賜巧還當乞莫貧三萬有六千仰天垂虹影一條萬古良緣話九宵十二萬年年一會人間那得此魂銷

關山月

萬古多情者關山月一輪深閨傷思婦邊塞感征人關山月還
盈缺海上來雲中沒知爲玉兔發光明人間何事生淒清仰思
其意不可得登樓問月月無聲廣寒固在清虛處何緣還種桂
花樹天上人間本不同秖堪一箇孀娥住

裁衣曲

輕霜一夜入閨閤惡風連旬撼沙漠閨中始凉塞外寒郎妾明
明異苦樂高樓思婦嘑斷腸羅衾在御身嫌凉况君肌骨鐵衣
裹骨奈風雪肌奈霜洞房紈縠憶疇昔衣香互覆尙矜惜今雖
仗策從將軍豈竟君身變木石指傷凝血妾忘痛指寒欲僵妾
忘凍征人日望秋衣紱不暇秋衾覓幽夢殷勤熨貼憑熱升短

長寬窄心模稜他年牽衣拭歡淚苦心重話今宵鐙

冬夜吟

天公一寒竟至此銀河已冰不復水藐姑射招芬豔嬰梅月窺人皎窗几幾生修不成梅花梅花儻亦憐儂家素心差不愧明月或者許我前身誇余今賦詩問梅月羅浮之山廣寒窟月當資我參道心花當借我作詩骨我求梅月廉不多未知梅月心云何梅花俯首月無語手敲冰硯書長歌

四時詠

千紅萬緑成陣短驛長亭采芳花下玉壺買醉樓頭翠袖凝妝浮瓜沈李會否爍石流金奈何白菡萏開冒雨紫鴛鴦立戲波

華月强人照鏡明河憶我吹笙吹開塞恨閨恨照徹今情古情

冰雪連朝作團風霜在抱忘寒北臺詩韻稱險東閣梅花入官

感懷二首

我歎陶淵明超然出塵表祿養非弗榮田園亦須保東籬秀黄

華西疇刈秫稻把盞答清吟天真任潦倒五柳與桃源寓託深

懷抱閑情本無瑕此理誰能曉浮名澹高雲素心秋月皎亦有

南村翁輟耕事幽討千載溯流風淵微契渺溔斯人不可作徒

令心悄悄

扶芳生道周瑣瑣寄弱質仰依千尺松稍稍見花實得承雨露

滋新條茂且茁繁陰漸委地歲久固盤結却忘提携恩屈伸自

難必一朝附喬柯紛拏見淩慄蒙翳松不知松枯根亦折試問松折時彼焉倚撐突是以古君子審交慎且密

十月梅

十月梅花發山窗菊竝看神仙眞品格何必定清寒

擬古

季秋夜何永蟋蟀鳴牀下寒風吹羅幃憂思不可寫起坐理素琴孰是知音者徙倚步中庭霜氣在屋瓦延頸長太息愴惻淚空灑

巽軒爲余素心閣書畫潤格作引戲綴二詠

絹素堆箱十色霞畫禪書聖漫相誇笑他阿堵偏神物催得生

枯筆盡花

寫韻軒開月映窗蘭羞小佐剪銀釭龍文百斛君真富何似閨中弱腕雙

孫子瀟先生遺墨卷子爲師鄭太史雄題二首丙辰秋

前輩風流盡可師更將餘事作詩詞簪花屑玉都休羨獨羨生年值盛時

最喜高柔婦亦賢温柔鄉裏作神仙至今豔說雙紅豆指印依稀在簡編

巽軒爲人誣訟賦此慰之

萋菲傳來魂夢驚教人何事不淒清錚錚鐵漢心難屈懍懍金

人口欲銘市有三言真莫辨棋高一著且休爭螳螂儘作捕蟬想後顧焉知黄雀鳴

聽蛙詩呈張雙南太史蘭思　乙丑夏漢口作

觸目兩莫爭何事塡然鼓乃知青草蛙占斷池塘主厥聲本喧雜況復經連雨大者呼其曹小者爲之輔一唱來百和旋茹而不吐官呼定私乎腹膨目乃怒不作蠻參軍焉能解蠻語憶昔孔都官曾自詡兩部我耳不須鉞鼓吹將何取但願聞涼蟬嘒嘒鳴三五

雙南太史和作

習靜在人境飽飯腹如鼓聒耳何么麼喧闐夜郎主已覺土

氣蒸又送連朡雨相呼朋類多騰口咸其輔自非柳柳州聞聲已欲吐我思氣候然雖惡不汝怒時乎汝當貴鳳鸞瘖不語蟲蚋與蠅蠅聚譟各以部鄭衛奪正聲删詩猶復取要知耳根清聽鑑十得五

乙丑初冬病起偶成呈雙南太史

黄菊香從隔院聞闌干幾曲遠塵氛初冬緑野添紅樹竟日青天過黑雲王粲深情休顧問庾公清興每平分悠然頗得臨風趣一字横空有雁羣

雙南太史和作

心灰耳冷百無聞卻掃焚香望國氛送老虀鹽銷永日當塗

車蓋起浮雲詩成織素知何用病去災年壓幾分記取安心是艮藥莫論蟻鬬似牛羣

顧容堂畫吾谷觀楓圖爲師鄭太史題二首 戊辰秋

寒林亦具營邱法煊染霜華入畫屏吾谷歸來秋已晚酡顏相映酒初醒

七子高歌喜欲狂熙朝韻事說虞陽卷中有子瀟先生及鮑㚖客陳鈞樵諸先生詩羨君一卷清芬誦遺墨猶留奕葉香

題孫師鄭太史湖田書屋圖二首 戊辰秋

君家先德二千石宣武坊南作畫圖先德西京太守曾於都門邑館爲吳竹橋禮部作湖田書屋圖紅樹青山風景好詩人强半散江湖

耕雲釣月兩相宜翠滴辛峰未足奇各有千秋傳不朽天真閣裏慣題詩

卷二終

素心閣遺稿

吳郡曹鄭道馥蘭真著

卷三詞

憶江南 春日即景

江南好春景十分賒沽酒人家門巷小賣魚灣口板橋斜一半柳陰遮

眼兒媚 秋閨

離魂飛不到天涯暗裏損年華秋光欲去懨懨小病瘦過黃花綠莎庭院黃昏悄風過繡簾斜釭花如豆剪刀不動今夜寒些

臨江仙

幾陣香風飄細細磁盆一剪幽蘭參差花影拂闌干卷簾明月下吹徹玉笙寒　小院深深人寂靜丁丁虬漏催殘水沈香炷倩雛鬟無憀山枕畔尋夢也闌珊

臺城路長夏閒居偶檢舊書七姬志一頁蛾眉奇節炳耀千秋拈毫賦此　按七姬係淮陰駙馬潘元紹側室程翟徐羅卞彭徐也當明祖圍吳元紹敗歸七姬請先死於主前從容自經時以國難不克葬乃斂尸焚之齊雲樓下屬名士張萬等勒石冢側以記其事後元紹降明不免有負七人云

蘼蕪煙冷蛾眉死傷心一坏香土燐火星星鵑紅點點慘絕玉鉤斜路芳魂在否賸三尺殘碑字分釵股賴有詞人無雙譜爲七姬註　虞兮心事誰見楚歌聽四起幽恨如訴紫玉煙銷綠

珠粉碎都付齊雲一炬貞心似許笑惜命潘郎愧伊鴛侶落日降旛此羞應萬古

菩薩蠻 春曉 二首

鵲鑪煙裊靈芸細小樓人醒聞花氣正是夢回時輕寒翠被知惜花人起早日上紅窗曉鸚䳇喚梳頭風簾蕩玉鉤

海棠花裏深深院穿花蛺蝶飛零亂剪剪怯東風秋千一索紅落梅風細細飄去香塵膩一陣玉玲聲綠窗人夢醒

柳梢青 山塘即景

鶯姹鸞嬌江南金粉風景難描一抹黃牆千絲碧柳幾摺紅橋斜陽又挂林梢看隔浦還停畫橈樺燭星流檀槽雨急儘夠

素心閣遺稿

魂銷

滿江紅 讀楊椒山公傳

掩卷傷心歎王氣中原銷歇最堪憐勝朝人物椒山節烈壯志
不埋泉下土爭光只有天邊月賸一篇家訓示千秋情淒切
風波獄冤難雪倭寇事恨難滅但一心欲使金甌無缺馬市愁
開亡國釁龍泉羞污奸臣血悔當年經濟未全施離朝闕

前調 岳王墳疊前韻

一代名臣到没世精靈未歇聽墓門風搖古木悲聲激烈遺恨
休談南渡事知心惟有西湖月悔班師負了十年功心悲切
徽欽恥誰昭雪精忠字難磨滅圖中興忍看山河半缺百戰空

憐功狗死千秋不盡啼鵑血恨奸雄和議倡朝廷綱常闕

賣花聲春閨

香冷鷓鴣斑心字燒殘玉樓鎮日掩雙鬟只爲連朝人中酒孅畫春山　莫更倚闌干花事闌珊輕風剪剪怯衣單已是支離憐病骨怎奈春寒

點絳唇餞春

雛燕歸來呢喃報我春將去落花無數回首東風苦　把酒留伊留也留難住情如許綠楊千縷誰繫春歸路

十六字令

涼今夜露蛩啼近牀推窗看秋月白於霜

菩薩蠻白公祠

小紅亭界秋湖曲蜻蜓點水晴光綠四面碧垂楊有人憑水窗
好山濃對岸雨過湘簾卷樓閣上鐙初殘陽一半無

河傳詠螢

宵靜煙暝掩銀屏點點秋光閃青牆陰逗涼花睡醒風清畫檐
飛一星　幾度穿簾尋不見携素扇小立桐階顫步伶仃拋未
停輕輕苔痕羅袖凝

清平樂秋夜

憑闌無語麝火銷香炷連日秋陰渾不雨釀就嫩涼如許　蛩
聲新透紗櫺虛堂如水還清下了疏疏簾子今宵可近書鐙

卜算子 秋感

簷外雨淋浪作平簾外風蕭瑟悔種芭蕉三兩棵慣遞愁消息
幾度夢無成鐙暗屏山側偏是秋天不肯明守著紗窗黑

買陂塘 春陰

悄寒天風絲雨片沈沈閣住清晝墨雲低罨簾垂地竟欲將辰
作酉人中酒悵一枕花南啼破黃鶯驟心儜意懶只芸餅微添
茜屏悄倚慵自理鍼繡　花朝後屈指清明霎又無端儂更消
瘦多情燕子歸來也還把輕陰低咒人廝守算守到黃昏只是
閒時候濃春易過道陌上青青樓頭凝望又長幾枝柳

生查子 八箭亭訪閨友溥蘭不值聞已移居海淀悵悵而歸作此寄贈

謁君君不遇魂斷知何許凝立望行蹤空倚門前樹　縱有別離懷欲語渾難語歸去正黄昏怕聽瀟瀟雨

浣谿紗

殘夢如煙絶可憐鑪香冷了鷓鴣斑鐙光猶照小屏山　翦翦風敲金屈戌溶溶月上碧闌干玉籠鸚鵡也愁寒

喝火令　正月十六夜寄紉秋姊

吟卷慵堆案熏香倦倚篝箇儂生小諱言愁不道近來心上添得十分秋　知己憐星散華年似水流舊時清景尚句留一樣鐙明一樣小紅樓一樣夜深人静寒月上簾鉤

雙雙燕　待燕

禁煙過了記珍重紅絲來期曾訂落花三月留得舊時芳徑盼煞烏衣瘦影奈衣舊玳梁香冷卷簾鎮日思君闌外有人孤另芳訊傳來不定想銜絮銜花營巢難稱江南春好休戀故園煙景儻使依人還肯便白屋也來重省他時絮語喃喃應有別情堪證

浣谿紗

庭院深深簾半垂呢喃又看燕雙飛徘徊無語立斜暉　幾度流年如水去一春幽夢落花知些些往事耐尋思

憶江南二首

江南好春在小園東芳草斜分鴛背綠好花濃染蜨衣紅香露

濕羅襦

江南好春水遠連天雙槳桃花迎細雨半湖魚翠破輕煙人上綠波船

清平樂

綠僝紅僽已是銷魂夠郍更落花風太驟吹得春人消瘦　小庭無限凄涼淡黄閑煞斜陽只有多情燕子銜花飛過東牆

賀新涼詠門神

冷眼當關者一年來桃符又換瓜期纔卸烏帽峨峨神色動寶帶燐煸光射錯認是淩煙圖畫聞道功名成蓋世却緣何也寄人簷下身世感爲君話　侯門聲勢威相假竟居然驅邪辟惡

稱威道霸曲譜迎神人靜候正値更闌燈灺又送盡飛灰紙馬
擬共東廚拚一醉祝年年烽火無驚怕渾不寐守除夜

高陽臺 秋草

瘦蜨棲香寒蛩泣露萋萋儘夠銷魂廢苑斜陽荒涼一抹煙昏
那堪重讀離騷賦是美人哀怨難論恁無情吹到西風又長愁
痕 踏青怕省從前景記伶仃蓮步軟襯芳茵曾幾何時如何
換了濃春蘼蕪一翦埋香土料深深埋盡春人到而今螢火星
星照徧秋墳

蘇幕遮 白秋海棠

玉釵斜雲鬟墜冷淡丰姿特地秋光媚背立銀屏寥不睡倩影

亭亭淡月疏簾外　粉痕殘脂暈洗縷縷紅絲更有何心繫一段靈根銷也未染透冰綃都是傷秋淚

長亭怨慢　落葉

是誰寫荒寒三徑彖曲闌干有人愁凭簌簌林梢殘陽零亂暮鴉警霜華冷染都不是穠華境草木歎無情奈一樣飄零不作平定　還省對庭槐惆悵彫就蘭成青鬢榮枯一夢又聽盡斷鐘零磬最淒切雨雨風風令倦客秋來愁幷算綠葉成陰還是當時好景

賀新涼　鴉陣

萬翼盤旋急是將軍蔽空而下陣雲都黑曾向八公山下過草

木至今無色但一片風威蕭颯好趁今宵天欲雪聽軍門書報淮西克城上角更吹出　況今驛路烽煙密料烏江八千子弟全軍皆墨莫笑聯翩虛結隊應有幕巢堪覓問何處關河棲息此去飛鳴應得意看零星塗盡西風檄須不讓振天翮

卜算子　春暮二首

深院柳陰陰驀地春歸去不見楊花入畫簾幾日江南雨　一雨百花飛衆綠齊生樹別有幽香撲鼻來香到房櫳住

荷葉小於錢一碧盈南浦擬共幽人采滿筐買箇青山住　轉眼見蓮開翠蓋擎無數日日煙波泛畫船搖入花深處

大江東去　隨外子赴鄂省榷運任所夜泊赤壁寄紉秋姊吳中

峭帆西上拍驚濤依舊奔騰捲雪多少登臨憑弔感付與江波
山色諸葛風流周郎英爽一炬真無敵祭風臺畔楚天暮冷如
墨　空具鐵板銅琶坡仙去矣飄零詞筆祇有寒潮淘不盡千
古沈沙折戟故壘煙橫危峰霧鎖把酒悲今昔與亡誰話數聲
吹起漁篴

浣谿紗　寄紉秋姊

何事東風悵別離幾多心緒一鐙知無聊回憶那年時　紅藥
欄邊春賭酒碧紗窗下夜談詩當初渾不解相思

點絳唇　榷署後山有松數百株每當風至如奏笙簧雪後彌望皆成瓊樓玉宇奇景尤絕譜此寄紉秋姊

雪月雙清亂峰明滅鋪銀海古松寒籟疑是濤澎湃　俯瞰滄

江江水縈如帶愁難解故鄉吳會目斷雲山外

昭君怨　夜夢紉秋晨起得來書喜而寄此

天外飛來鳳紙在遠何曾抛棄昨夜夢相逢舊時容　料得形容非舊人比夢中還瘦說道是平安怕相瞞

卷三終

素心閣詩二卷詞一卷我　母生平所作今得見於世者僅此而已矣我　母幼受　外曾王父孝廉劭欽公庭訓　公以文學名當世邃於三禮之學晚年悉以授我　母經史女誡之外凡詩古文詞書畫琴棋靡所不習　公嘗歎謂吾宗衰此子乃不爲男兒迨歸我　父謹於婦職夙夜辛勞然亦不廢文事峻生數齡讀書習字皆我　母親授時童騃初不知　母教之不易得也稍長出就學校既畢業卽迫於薄宦如是者有年及今思之蓋皆峻玩時失學之年矣戊辰以還閒居無事涉覽舊籍返而求諸周孔孟荀韓蘇之學始稍稍知我　母之學之所在而我　母春秋漸高又每痛女教之

衰撫時感事鬱伊多病以是詩詞已不常作作亦輒棄不自惜曰我甚不欲世人之知我識字也嗟乎峻方欲常依我母如童時之咿唔膝下豈知我　母憂世之深至欲空諸一切卒致積憂成痗今竟棄我而逝耶既喪之三月我　父命峻搜輯遺稿謀有以傳諸後乃從殘篇斷簡中擇其首尾完具者得數十紙猶以少作爲多晚近之作十不過一二蓋皆散落不知何所矣因乞年丈張雙南太史鑒定編次如右尙冀親知故舊或有藏弆我　母遺什以之見餉俾得補編纂此則峻所感彌没齒者已

歲在重光協洽壯月男岳峻泣識

盧葆華 撰

相思詞（存目）

民國二十二年（一九三三）排印本

提要

盧葆華《相思詞》

《相思詞》一卷，盧葆華撰，民國二十二年（一九三三）著者自刊本。該詞集爲現代排印本，繁體横排。前有方志超、何宋之、林文選題詞及著者肖像，並有目録一份及盧葆華自序。集末有盧葆華自撰之編後語，及《血泪》《抗争》《飄零集》《哭父》《游記》《盧葆華女士論文集》《時代的轉動》《情書》等其幾本著作的介紹宣傳，另附《一個小消息的預告》。最後有一份印刷公司的推介。

盧葆華（一八九八—一九四五），原名夔鳳，字韻秋，葆華爲其號，筆號湘江菊子、樂江女士、笑生、緋娜、茜華等。貴州人。盧葆華父母文學修養較高，其父盧銘尊，前清秀才；其母趙水如，亦工文章。作爲家中獨女，盧葆華自小受到良好的文學熏陶。而其詩詞修養，也得益於其父母的啓蒙，其自序中云：「我小的時候也曾跟着我名傳千古的父親母親學過一些。」盧葆華先後於女子師範學堂、上海中華藝術大學、上海藝術大學等校求學。畢業後一度供職於上海市教育局，並爲上海晚報副刊撰稿。後在杭州、昆明等地流寓，以寫作、教書爲生，抗戰勝利前夕因病客死於昆明。盧葆華一生情感經歷十分坎坷，一九二三年嫁與指腹爲婚的表兄趙文特，惜才情不四，最後以離婚告終。三十年代初與國民黨政要劉健群結婚，婚後發現劉尚未離婚，憤而出走。抗戰爆發後，在小她六歲的馬曜的狂熱追求下，終於一九三九年再婚，僅一年有餘，馬不辭而別，從此音信杳無。如此不幸之情感經歷，構成了她諸多作品的主要情感指向，尤其反映在詩詞中，是一種以生命遭際爲中心的血泪哀訴，也是一代才女作家紅顔命舛的文字見證。盧葆華新舊文學皆有一定成績，有新詩集《血泪》、舊體詩《飄零集》、詞集《相思詞》等。

《相思詞》的大部分作品作於一九三二年，據其自序云：「我在一·二八事變前填的詞，在日帝國主義的炮轟淞滬中，因避難的緣故而遺失了。在杭一年中填的詞，一大半又是在劉記宿舍的火災中而喪失了，在從前損失的我只能記憶數闋，其餘的都是去年秋天的一部分。」所以，《相思詞》是盧葆華人生的片段式記録。詞作以個人情思的宣洩爲主，詞境過窄是盧葆華詞作的硬傷。就詞作題目副標題來看，相思、春病、春感、春怨、春恨、閨思、留别、别情、憶别、秋感、秋思、秋閨、秋怨、秋雨、秋夜、秋懷、秋問、秋訴、秋花、秋恨等等，亦可見一斑。但是，《相思詞》最大的特點則在於已有明顯的向新詩過渡的痕迹，這在二十世紀三十年代的女性詞集中比較特别。一些詞作如《如夢令》：「臨别試牽卿手，卿似佯推佯就；

過後細思量，落得心中難受；難受，難受，此意問卿知否？」以口語入詞，生動活潑，語言上與新體詩較爲接近。

陳家慶 撰

碧湘閣集〔存目〕

民國二十二年（一九三三）鉛印本

提要

陳家慶《碧湘閣集》

《碧湘閣集》詞一卷，陳家慶撰，與詩文合刊（各一卷），民國二十二年（一九三三）鉛印本。上海圖書館、復旦大學圖書館、河南大學圖書館、南京大學圖書館、清華大學圖書館、中山大學圖書館等有藏。前有吴梅（霜厓）癸酉元夕題簽，内有此集刊刻時間「民國二十二年癸酉五月初印」字樣和陳家慶肖像一幅，並有徐英手寫題記和鈐印，另有林損、黄侃、高步瀛、徐英、陳家英、吴梅等人題辭。

陳家慶（一九〇四—一九七〇），字秀元，號碧湘，陳瑞麟女，湖南寧鄉人，南社社員。陳家慶在兄弟姊妹中排行最小。兄長陳家鼎、陳家鼐，姐姐陳家英、陳家傑，皆爲同盟會委員與早期南社成員。陳家慶受過新學教育，青年時代先後就讀於北平女子師範大學、南京東南大學，受教於劉毓盤、李審言、吴梅等先生，與唐圭璋、許廣平、程俊英等爲同窗。畢業後先後在安徽大學、重慶大學、南京中央政治大學、上海中醫學院、上海文史研究館等單位任職。一九二七年嫁給徐英。徐英（一九〇二—一九八〇），字澄宇，湖北漢川人，是我國著名詩人、學者。「文革」中，陳家慶因徐英的「不當言論」受到牽連，一九七〇年掃弄堂「請罪」時血壓驟升倒地去世。陳家慶著有《碧湘閣集》《漢魏六朝詩研究》《黄山攬勝集》（與徐英合著）等數種。《碧湘閣集》爲詩詞文合集，蘊含的内容極多，既有壯懷激烈之作，又有故園之思，既有姐妹情誼的謳歌，又有伉儷情深的酬唱。總地來説，她詞的成就要高於詩文。陳家慶創作受到劉毓盤、吴梅的影響很大，創作實踐游刃於常州詞派與浙西詞派之間，重視詞的雅正與寄託，追求立意、意境和音律三者的渾融。陳家慶爲詞酷愛蘇辛又不因循之，認爲作詞要有蘇辛的襟抱，同時又要講究詞藝的無懈可擊。她的詞作格律謹嚴、温厚醇雅。

閑與軒遺稿

張錦撰

民國二十二年（一九三三）鉛印本

提要

張錦《閑與軒遺稿》

《閑與軒遺稿》，張錦撰，民國二十二年（一九三三）鉛印本。上海圖書館、復旦大學圖書館等有藏。上圖同時有民國三十二年（一九四三）鉛印本。封面由曹廣楨題簽，内有癸酉十月習叟題簽，前有陳三立題辭，癸酉上巳朱應徵叙。詩七十二首，詞六闋。集末附録朱應徵所撰之《割臂事略》，另有王晉卿、湯壽朋等親朋晚輩誄辭若干，附《閑與軒遺稿校勘記》一份。

張錦（？—一九三二），又名麗芬，别號閑與山人，湖南長沙人。清末大臣、近代教育家張百熙次女，朱應徵室。七歲喪母，事父至孝。辛亥革命後，家道中落，其與夫君隱居上海，長齋奉佛。集中以月夕花朝之詠物詞，夢父、寄弟、思妹等思親之作爲多，作品純任自然，至情至性。詞六闋，《一剪梅·春感》《鷓鴣天·春愁》《畫堂春·春燕》《鷓鴣天·憶莊妹》《鷓鴣天·戊午溪橋春日》《生查子·庚申海上中秋》，清麗婉約。陳三立題其集曰：「悱惻而芬芳，蓋根仁孝之天性，寓興而出之，自有合於風人之旨也。」

癸酉十月

閑與軒遺稿

蜀叟

悱惻而芬芳蓋根仁孝之天性寓興而出之自有合於風人之旨也癸酉九月自匡山抵金陵假道北行倚裝綴數語以志欽挹散原老人陳三立時年八十有一

敍

風雅亡而古詩作降而近體而長短句駸駸乎去古遠而所詣殊焉要皆不離乎風人騷客假物攄抱之辭積于中者形于外歌之誦之輒能移風佐化有不容廢者一時盛衰之蹟槪可見已內子張別號閑與山人歸于余三十載矣居平閒暇偶資唫詠自娛當夫月夕花晨即景思舊常出至性至情流露不自覺如夢父夢君姑寄弟思姊哭妹諸作何莫非天眞使然贈余者再期益肫切蓋其精誠所結流俗難闚二十年來隨余奔走無定不免感慨繫與播之篇章何忍卒讀然讀君之詩者可以見盛衰之蹟也君今逝矣余慟曷禁搜求遺囊得詩七十二首長短句六闋

都爲一卷名曰閑與軒遺稿存碩果而慁其失也編成和淚識之癸酉上巳朱應徵敍

閑與軒遺稿

長沙歸沛郡張錦麗芬撰

春柳和適李三妹原韻

晚色初晴上柳條，不知誰瘦小蠻腰。數聲嗁鳥驚新夢，羅帳雙分又一朝。

芍藥

閒亭小院日初斜，芍藥新開雨後華。不羨牡丹誇國色，香清粉淡自成家。

寄莊妹

柳綠桃紅歲又新，流光容易送殘春。同枝花萼分南北，圓月西樓望幾巡。

對花

千枝萬蕊鬭芳芬百鳥爭喧報曉曛寄語世人須著意江山容易換風雲

感時

愁對窗前解語花酒尊詩卷作生涯柴門静掩人誰問蓬島尋游路更賒舊日樓臺成夢想連朝風雨斂容華迷津欲訪桃源洞知在山中第幾家

寄十三弟

休將人物感江山回首前游若夢間塵莽不知誰是主天公何事喜循環

南粵歸來十六年蕭條家國幾番遷而今陟岵懷　先德

儒素清風望弟傳

贈外子

偃蹇熏籠五載偎惜君憔悴羡君才惟思 祖德傳餘蔭定效姜公坐釣臺

月夜

閒坐幽窗思悄然青鐙看盡未成眠星沉月上何人共露滴羣芳朵朵鮮

玉漏迢迢夜色明隔房猶聽小兒聲清香一柱酬天闕祈保平安易養成

熏籠斜倚問冰輪天下知音有幾人低囑百花休笑我願同松柏慶長春

四月六日歸梅墅見薔薇盛開喜作

宮鬟斜踏短牆東，滿架薔薇映日紅。瀟灑風流嬌欲語，黃鶯偷看立梧桐。

題美人畫幅

嫋嫋婷婷倚畫廊，錦屏風度綺羅香。顰眉低首珠簾卷，一曲簫聲引鳳凰。

一片波光透夕陽，水亭長夏自清涼。花前獨坐銷魂處，猶帶愁痕掩淡妝。

陰雨

陰雨連朝未解酲，廊前燕子夢無聲。綠窗靜倚寒仍重，風起羅衣特地輕。

夏日感懷示外子

隔窗鳥語帶愁聞，清露看花曙色曛。目送芳塵何處去，嗟予惆悵緒紛紛。

自愧難躋儉與仁，光陰回首卅三春。行雲未必忘歸路，誰慰吾君病復貧。

庚兒死十年矣哭之

山居無事獨徘徊，離恨傷心百念灰。愁裏不堪過十載，相逢除向夢中猜。

午日山中即事

光陰容易又端陽，檻外榴花欲吐芳。多事鄰家小兒女，幾枝偷折助新妝。

枝頭啼鳥喚花醒習習清香繞畫屏心事不堪重說起莫教流水逐浮萍

錦香繚繞暗生羞一陣歡娛一陣愁不耐深情誰過聽者番飄蕩自悠悠

天涯底事夢還醒贏得名花供膽瓶長夏清和人意懶坐看兒女撲流螢

晚晴

乍晴風暖晚煙斜睡眼新看雨後花迷蝶不尋芳草地蟲聲頻透綠窗紗

霎時又雨晚寒侵窗外殘雲夢未尋飛鳥有巢歸不得祗將愁緒託花心

無限牢愁底許來年華易改鬢相催羣枝競秀花堪笑微
月朦朧照綠苔

憶舊

十九年餘別帝京那堪回首幼時情重門深鎖春誰主更
慟椿庭涕淚盈
前塵行卷復何存楚些難招節烈魂到處繁華爭勝負模
糊舊事怕重論

秋夜清潭歸途卽事

波光斜映月華明遠樹迷山蜨夢驚萬籟無聲增百感荷
花先老不勝情

月夜

一鉤新月掛朱樓無限相思別樣秋堪笑西風太漂泊蓮花又落楚江頭

小窗

小窗溶月吐殘霞閒卷珠簾笑柳斜蓮露涼天清似水唫懷重託玉蘭花

對雪

一番清冷一番愁惱亂心情百事休回首嶺南無限憾雪中花影自含羞

萬里孤雲疊疊生乾坤獨似粉妝成耐寒綠萼開顏笑廊外瓊飛勝水晶

風樹蕭蕭暮色遮人生如夢漫喧譁羨他玉骨承春寵愧

我無情對歲華

觀梅

曉霜初勁報嫓雅人世蒼茫似隔紗梅占春魁多喜色盈
盈笑對柳枝斜

朔風昨夜釀清涼縞袂新添自在妝多少柔魂關不住一
庭殘雪暗聞香

冷意空濛透遠峯仙人鶴氅映孤松歲寒才見玲瓏骨花
蕚交非淡淡容

春感

燕忙鶯懶閉柴門柳絮飛迴帶雪痕睡起不知春又半芳
菲零落暗銷魂

閑與軒遺稿 五

丁巳夏夜來香死弔之

去年今日倚雲栽庭院香風陣陣來誰道芳魂從此別靜中涼月怕登臺

丁巳六月夢 君姑有感

哀哀窀穸奉安初訣別慈容半載餘昨夜夢中猶共語漫天何處侍清虛

蓮

山抹微雲半掩門波平風定漸黃昏臨流欲問眞消息疊疊紅衣護野邨

見蓮花落

野塘花落水光浮夜漏迢迢欲感秋兩岸垂楊風不定涼

雲遮月幾分愁

答外子秋夜感占原韻

海棠無語颺朱樓瀟灑嫣然若笑秋故國有恩留北闕前游如夢付東流壺中歲月成閒度鏡裏聲華入醉休日色幾分憑照耀時來風送任君由

秋晴

波光同照夕陽斜閒聽兒童笑語譁饒得西風傳信蚤交秋晴定喜農家

送莊妹還汴

春暮歸甯日相將契闊傾七年重聚首萬里計行程不盡滄桑感同深手足情今朝又分別楓葉下湘城

天涯別憾動淒涼似夢如酲欲斷腸從此相思何日解洞庭波裏瞰秋光

小窗對景更添愁靜夜西風靜夜秋明月廔前消幾許空餘蘆荻鬧江頭

春日晚晴

殘妝初卸人微勸山外煙沈雨乍晴閒倚闌干數花朵晚風吹送一聲鸎

羣花無語各芬芳風景催人歲月忙頻囑小亭雙燕子不須惆悵話雕梁

春晝

畫堂幽靜蒜垂銀百鳥聲聲報好春行到花陰一含笑樓

頭楊柳貼煙頫

春風

春風綠盡池邊草流水無情也帶愁楊柳低垂殘夢醒花開含笑亦含羞

觀釣

靑草池邊看釣魚夕陽籠照錦屏虛漫山桃李嬌無語紫蜨風前舞自如

春雨

煙雨溟濛莫色迷竹枝無力倚牆低名花香意應遲透倦鳥囘巢待曉啼

淞濱晚眺

午睡初醒又晚晴游絲一寸繫紅英綠波新漲瀟湘水天際孤帆幾日程

客樓坐雨

濛濛細雨點蒼苔春樹含愁瘴未開眉黛柳梢同不展困人天氣獨徘徊

花影

羣芳含笑復含顰做出淸陰別有春迷蝶有情應誤采月來雲破假成眞

雨後

西園今日百花開雨過無聲爲洗埃獨有海棠新睡足胭脂新扮晚妝來

春日思鄉

湘江回首碧波輕春到羣芳淑氣呈日月那堪愁共照滿懷無限故鄉情

己未三月十七夜夢　父有感

夢中侍坐敍天倫回憶當年訓語親窗外一聲雞報曉醒來猶自淚沾巾

春莫思姊

籠明斜日照垂楊粉蝶雙雙度畫廊姊妹離愁渾不解一回搔首一思量

送春

春歸何處了無痕一架荼蘼靜掩門杜宇聲聲嗁不盡最

愁人是近黃昏

哭莊妹四首

傷心斷臂哭天涯環珮空歸楚水湄阿姊書來怕重讀夢中猶似說傳疑

劇憐吾妹正華年夫壻君姑悵各天不道歸寧纔一載積憂成疾竟身捐

姊妹行間手足情歲逢壬子哭阿兄六人存者今惟四忍聽雲天旅雁聲

客居聞赴更凄涼別後心情淚暗傷怕憶殘冬風雪夜病中哀語對扶牀

戊午歲晚寒雪感賦

烽煙城闕兆民哀今日驚聞臘鼓催零落異鄉春又近湘江囘首寸心灰
大地河山冷淡妝臘梅猶自伴淸狂匆匆檢點年邊事沽酒無妨典鷫鷞

立春日大雪

漫天飛雪漾窗紗點綴寒林玉有花庭院無聲春自懶梅枝横瘦竹枝斜

次日又雪

春風吹送玉無瑕點點輕輕灑碧紗極目長空眞一色故鄉如夢隔天涯

雨中觀梅

寒風吹雨洗莓苔閉戶閒看餞臘梅更喜水仙同皎潔韶光特地倩花催

初春

百花如笑自精神海上樓臺別有春客舍怕聽枝上鳥新聲喚起未歸人

苦雨

乍驚春色到江樓何事沈霾雨未收淑氣寒威爭不了聲聲猶帶去年愁

春日

玉骨傲梅枝寒襟笑共支綺窗風揭幌苔砌雨凝脂萬象同春氣三生憶舊姿不堪心緒惡相對網蛛絲

附錄長短句六闋

一翦梅

春感

芳草萋萋糝綠苔怕染塵埃猶帶塵埃一雙新燕故飛迴來也徘徊去也徘徊　雲鬢蓬鬆墜玉釵纔理妝臺又倚妝臺年年風景爲誰催故我疑猜今我疑猜

鷓鴣天

春愁

遠客離愁怕倚闌雨中無計避春寒故園今日休囘首柳墜柔絲不忍看　拋歲月感雲山可曾芳草綠湖南金尊空向花前醉風景催人又一番

畫堂春

春燕

東風吹醉滿園芳綠窗簾卷斜陽一雙新燕去來忙細語暄涼　尋伴渾身杏雨安巢一嘴芹香似曾相識到華堂棲穩雕梁

鷓鴣天

憶莊妹

冷落天涯信渺聞最愁人處近黃昏一簾花月侵春夢萬里關山斷客魂　情切切病沈沈淸宵蓮漏不堪聽憐佗好夢成吳越忍見羅衫溼淚痕

浣溪紗

戊午谿橋春日

春日遲遲影欲斜芳陰移過碧𡾊紗東風吹上野蘭花
胡蝶一雙忙點綴燕兒終日語誼譁小窗新試雨前茶

生查子

庚申海上中秋

去年明月光寫出中秋景海上氣淸高尊酒團欒慶　今
年明月光偏爲中秋隱無復舊時情滿目瘡痍憾

附錄割臂事略

淑人姓張氏長沙謚文達諱百熙公次女生有至性七歲喪母事父至孝年甫笄歸應徵時　先王父雨田公耄年健在淑人爲冢孫婦柔嘉婉娩竊竊賢之嘗當盛暑偶袒半臂剜痕斑然叩其故不言若不勝悽惋者固詰之始垂涕道曰曩歲吾父疾而病禱於神請代弗許則刲臂肉和藥進之病尋差賢哉斯非純孝所感歟壬子冬徵居　王父承重喪疾劇淑人百方捄療晨夕弗輟逾年病有間忽見左臂又露創痕問之祕再問祇云冀君安耳毋佗顧念徵怦然久之而深服其德夫其精誠所結至自戕其肢體而不惜是誠難能也昔者　先王母胡太夫人割臂療

先王父病曾以孝行請旌建專坊至今邦人士多能道之淑人克踵遺型後先媲美詎可聽其潛德湮沒無聞用敢略述梗概伏冀當代有道賜之誄銘俾光泉壤維矜鑒焉

朱應徵述

附録誄辭

聯

其然道人

傷生慘别去何時歸自君先公召赴瑶宫遂令憂病終身

丹乏同春承孝思

我慚繩武未從心

刲臂深恩今安圖報料吾王母晤言金闕應歎後先符節

女適張永賚

唯母健旺過人撒手遽分離適君姑自北言遠忍侍寒暄

話親切

到彌留

于女愛憐殊衆傷心一回憶繇襁褓及笄多病苦塵縣罣

女瑩白 時服務上海女子銀行

得緘電趕歸侍疾五晝苦顏猶在目唯佛能知酸楚幢引

多方獨悲父老家貧季妹沖齡太癡弱

差慰從此客情鄉夢淞雲湘水失瞻依

記烽煙倉促送別初春分手最傷心囑兒時寄好音旌懷

女遇鴻

十三年膝下瞻依未離形景況偏憐最小視越掌珠朝露

遽興悲寸草春暉終莫報

正垂老望廬入室更何堪

廿五日榻前侍奉靡間晨昏洒一念無生身登蓮寶靈椿

媳楊氏

翳我父母今隔吾鄉憐女兒慟失君姑噩耗驚心增遠慮
歸侍晨昏未及半載苦夫壻蔭凋萱草阿翁皤髮更難堪

子壻張孝緒

爲韓戚相攸頻年貳室忝居新特舊姻情倍摯
隨袁黄禮佛此日西天歸去拈花含笑意如何

姪張孝筠孝敏

五十年石火電光禪制毒龍夢醒塵世
廿餘日藥爐茶竈方窮扁鵲路隔人天

緦服夫弟慶鎮姪鎔塤等

世家大族產賢姝最難孝父救夫兩番曾經割臂事

殘雪年光催臘鼓，從此因風詠絮，一堂頓失解圍人。

緦服夫弟慶源慶年

瞬經世變五旬中，闔孟光賢，封臂共欽當日事；

歿距歲除一夕，從兄潘岳痛遺辭，難慰悼亡情。

緦服夫弟慶輝慶皝

祇因亂世共離鄉，避氛還楚，因事返申，不料九秋成永訣；

慘切吾兄夢炊臼，參术無靈，蒺藜竟困，思量百感怎忘懷。

如妹陳慧君

居妯娌還闕姊妹，花朝相見，蒹葭相依，義敘桃園君最長；

憶竹林游隔芙蓉，路喚不譍，思不盡，春來庭樹我何堪。

姻愚娣李陳偉

元公難遣悲懷爆竹桃符不成春色
謝女偏憐最小姻親骨肉怕聽令丁

姻侍生楊青菴

爲名門女爲名門妻兩番割股療沈疴事父事夫往古來
今無匹敵
海任遺遙

結百年盟結百年壽一德同心備全福成僊成佛西池南

表兄胡道峯率男正淳

淑德出名門相夫子敬順多能元女太姬眞內主
舊姻辱高誼望中表情懷自遣種花潘岳己衰年

文世昌

割臂捄父更活所天誠孝允難能況與祁慈同一轍
仁心濟人无忤于世旌揚起潛德待編烈女式千秋

鄭遇菴

惟大悟乃憺塵勞飽看桑海終成定
以小道得親夫子嘗謁慈暉幸有緣

王晉卿

積年海上隱鴻光蚤春還里哲嗣完婚助向子平了償心
願
僊
殘臘湘城催鶴馭大衍齡臻小除節屆正魏夫人修到神

湯壽彭

名門內傳播徽音過從幾番親稔知北閣賢能嘉偶定償偕老願
大羅天
末刲時脫離塵網皈依欣有託料得西方接引靈魂應赴

妹聟李　庸

割臂爲末俗所難事父事夫槑墅家傳惟孝友
舉案忍中途相別營齋營奠谿橋月夜聞珮環

侍生黃石逸

事父事夫刲臂兩番賢孝傳
營齋營奠闋紘中道鷓鴣詞

姻晚曹典球

刲臂兩番至性至情人紀立
歸眞除歲曾齋營奠鼓盆哀

曹伯聞

末俗視所生所天無足重輕看此種熱血赤誠於名教綱
常何等關繫
體弗敢毀傷
自古惟愚孝愚忠眞不可及莫更作違心苛論謂髮膚身

龔弼新

前身本天女維摩遥知紫府仙人遊戲塵寰原過客
羽化値殘冬風雪太息梅花淸夢凄涼憑弔有逋僊

邱縉

三十載支持閫政無媿女君正欣萱樹溫和養志有佳兒
佳婦

管齋

一霎時解脫塵緣皈依我佛贏得藁砧健在銜悲與營奠

曾鶴松

半百華年齊眉夫婦生同歲合大衍數預祝期頤尊酒尚
溫解脫拈花剛一笑
徹證明因果在雙修
三千世界極目婆娑死恨遲忽剎羅間從容撒手涅槃了

姻姪載若愚

時局正當艱老太君避桑變去矣

下情何以達予小子束芻儀奉之

姻愚姪常仞千

夙具善根頓脫塵寰歸極樂
咸欽孝行待看形管表芳儀

張壽祺

自幼習岐黃垂老無成祉述學慚張仲景
歸眞完太素囘生乏術悼亡詞費潘安仁

世侍生徐璋

謙抑若鍾夫人巾佩南歸百歲共酬偕隱願
賢孝見劉三妹幢幡西去十方聞說報恩經

馮忠愷

濫竽南郭愧頻年側聞鴛侶相偕生天預證菩提果
雅什中郎勞遠貺詎料鸞箋未報悼亡先和爽來軒
葉之喬
屬余亦有妻喪忍痛含悲先七日
至性當爲天鑒割肱封臂兩傷痕
馮國禧
爽來前歲讀佳章懸知金母木公歸命十方无量佛
羽化有懷悲達士此際烏啼月落怕聽一曲悼亡詞
侍生余襄善傳
舉按有賢聲曾聞德曜能偕隱
孤鐙愴除夕忍使黄門賦悼亡

陳伯壎 易威九

生長富貴家唫詠有遺詩與謝道韞千秋並美

遷居湘滬上往來因避亂隨梁伯鸞五噫同歌

上林寺住持慈航率兩序

寶婺竟沈輝果證菩提蟠桃千歲開春宴

琴紘今忽斷臺空般若生芻一束弔湘靈

時中學校全體學生

雅化起菁莪頌來文母徽音翹首當年遺澤遠

樗材資造就愧正淮陰國士撒手千金報德難

愚姪女黃純中

潛德早傳徽曾聞環佩名家韻

時賢爭作誄足慰春暉寸草心

徐楨閎立

禮型守從父從夫禱疾兩留創要俾管彤箴薄俗

門戶付佳兒佳婦歸眞復何憾祇傷頭白賦哀紘

戴承志

偕隱挽鹿車桓家令德垂青史

遊仙驂鳳馭潘岳華年感白頭

表姪戴惠君

凋殘椿樹感零丁痛同懷別無弟兄勉事慈闈供色笑

忝辱葭莩沾厚澤況令媛結爲姊妹此生何日報高深

姨外孫楊隆賀

念姨姥當年割臂療父與夫孝敬極天宜享遐齡蘭桂福
痛祖慈去世傷心依松惟蔦衣麻如雪那堪除夕雨風寒

世侍生王道純

以名臣女嬪學士門松柏本堅貞必待歲寒告凋謝
厭太平居遊極樂世桂蘭爭挺秀佇看日曝向榮開

姻世侍生王伯簪率姪甥家燚

大家名媛得耦朱門況兼夫壻溫恭子嗣自宜頭角露
亡弟重泉相逢崔嫂爲報慈親老健撥孤無恙滬濱居

嫺侍生楊城

向平夙願幸初完詎料彈指光陰蜀鵑忽叶巴臺血
莊叟悲歌同一痛從此傷心歲月吳鶴難招海市魂

侍生柳大柱
潛德隱彌彰化洽刑于垂老孟光猶舉案
婺星明忽暗人隨年去悼亡潘岳尚吟詩

侍生鄭沅
前身位業來仙闕
刲臂精誠格昊蒼

侍生余繩武
懿範女中師趨瞻尙憶申江浦
賢夫名下士感悼還同陳岱雲

姻世侍生左念康
事父孝捄夫賢刲臂格神明從知續命非俞扁

丁時艱襲世業含飴弄孫子始信成家賴郝鍾

蔚叟曹廣楨

割臂嗣徽音移極所天全孝敬

傷心譔事略重增伉儷見情文

通家侍生郭兆莘

曲江世第毓門楣割臂療父剜肉救夫大節炳彝倫豔說

紫陽賢眷屬

白首惘亡險

摩詰佛龕共燈火參上乘禪悟無生旨一朝悲失偶可堪

宗教哲學研究社

今古幾人傳割股救夫早有賢聲光梓里

死生原定數晚年聞道得邀普渡證菩提

姻世侍生楊宗穀 賜

與尊府累世通家徽音久彌仰猶幸阿姪于歸長承慈眷

羨淑媛稟賦仁孝臂痕竟袒露那知昊天不弔遽召斯人

愚晚劉振洛

刲臂若無心事父事夫道有是耳

白頭空有約嘗齋嘗奠靈其煒而

陳士鈞

夫壻以詩名料得悼亡多雅詠

淑人遺世慮從知證果即長生

盛萬鈞

周麓秋

彈鋏我無能數十年南畝西疇甘雨頻沾慚莫報
乘鸞母何處二千里吳山楚水生芻一束愧來遲

姻侍生李鎔

黄浦灘頭曾避亂反受虛驚秋月賦歸來欣逢吉曜方臨
極目瀟湘成樂土
愴懷冰雪壓庭萱
紅杏邨中正惹愁忽傳噩耗春光增黯淡未獲束芻展敬

四妹

割臂豈眞可囘天兒女孤懷往事傷心成墮夢
衰門更所遭末造亂離滿目此生埋憾入重泉

世侍生張叔梅

至性難能禮文賢傳衷庸行
此情追憶潘賦元詩寫古哀

劉肇隅

朱母張夫人余門人保之主政之德配也方結婚時余適館其家爲塾師忽焉三十餘年矣　夫人爲吾湘埜秋尚書女　兩田閣學冢孫婦門第之盛豔極一時逮國變後家亦落與夫偕隱海上長齋奉佛蕭然一室安之若素辛未冬余五十有七生日保之具膳滬寓爲壽　夫人出見白頭雙雙對待不免盛衰之感明年沒於湘赴至乃知其爲女曾割臂療父疾而父愈及歸朱又割臂療夫沈痼夫以之起昔文正

挽陳岱雲之夫人云割臂豈初心是孝子忠臣莫可奈何之事今申其意以貽彤史

弱質於富貴貧賤死生患難備嘗獨完本來天性創痕是孝子忠臣貞女烈婦苦蹟不圖再見人間

詩

慈命姪張孝桓孝徽孝維孝繩孝綽

風雨催殘夜中天失婺明鄰閭同歎息詞賦爲哀榮賸有遺型在誰覓奉倩情九京如未瞑能勿涕盈盈

割臂療親疾千秋孝行傳齋心歸淨土閱世慨桑田仁厚宜膺福劬勤竟損年采風編烈女青簡姓名鐫　先王父文達公疾篤時姑封臂和藥以奉

周增祜 時年八十有四

至德畸行大孝爲先氣塞蒼冥其淵其天萬福之原人倫之始　妣祖徽音似續媲美於鑠懿哉戩戩朱母事親事夫兩刲其肘孝奉天儀若日月光凡百士女監彼朱張末俗風頹平等自主勞燕分蜚徒自取苦猗歟淑媛來嬪名門詩禮秉訓道義爲根坤德婦道梱範母儀成僊成佛僉曰咸宜施耋頹齡頌茲碩德大衍令終光我民國藉甚二門流風遠尚姍姍其來慰君子望

閨身車辶希阝録

閑與軒遺稿校勘記

二頁　十八行　涼誤凉
六頁　廿二行　晝誤畫
八頁　十四行　斷誤斳
九頁　十一行　雨誤兩
附錄誄詞
十三頁　十六行　瞻誤贍
十五頁　十三行　无誤旡
二十頁　十九行　悼誤惆
廿二頁　十一行　文正上落曾字

紉佩軒詩詞草

呂景蕙 撰

民國二十三年（一九三四）排印本

提要

吕景蕙《紉佩軒詩詞草》

《紉佩軒詩詞草》，吕景蕙撰，民國二十三年（一九三四）上海百宋鑄字齋排印本。清華大學圖書館、南京圖書館、南京大學圖書館、南京師範大學圖書館、蘇州大學圖書館、上海圖書館、華東師範大學圖書館等有藏。前有用羽題簽，趙尊嶽爲之序，附目録，集末有其妹吕雪儔跋。

吕景蕙（一八七三—一九二四），字若蘇，又號璇友，同邑趙苕卿妻，陽湖（今江蘇常州）人。吕景蕙幼失怙恃，依兄嫂以居，自幼好學，年十五便博通今古，善詩文詞，性直爽。於歸趙氏後克勤克儉，内外無違。在鄉里時曾在女校教讀，並設帳授徒，後跟隨長兄嫂旅居上海，賃廡設塾。及至兄姊等殁，其代爲撫養遺雛。年五十一而殁。

吕景蕙所作詩詞大半散佚，《紉佩軒詩詞草》收詞僅三十餘闋，雖名曰「詩詞草」，實爲詞專集，以與兄妹、外子唱和與寄懷之作爲多。集中有數闋寄外之作，如《蝶戀花・秋夜寄外》：「微雨簾波清夢濕。斷續蟲聲，枕畔和愁説。一片濃霜寒杵急。黄昏人怨秋閨别。紅豆慢拈心似結。寸寸相思，併入眉峰窄。緘得瑶函和泪摺，不情最是團圞月。」詞中表達的是小兒女的情思，從詞意來看，其與夫君離別，離別易生空閨獨守之淒清之感，故蟲聲、濃霜、黄昏等意象勾勒的是一片淒清之情懷。下闋重在寫相思，在刻骨銘心的思念裏，我們感受到的是詞人夫妻的諧和之美，而數首寄外之作似乎也作了旁證。其妹吕雪儔云：「姊丈苕卿恂雅負文譽，而落落寡合，所至坎壈，未得一展其志。姊極心力以助，惟勤惟虔。」（吕雪儔跋）「皋橋伯鸞之樂，睹書潑盞。」（趙尊嶽序）

雖吕景蕙幼失怙恃，夫君所遇不達，其設帳授徒自力更生並撫養兄姊遺雛，肩上之任可謂重矣，然其詞並無淒厲和愁苦之音，這大概與其淡泊的胸襟有關，誠如其妹在《紉佩軒詩詞草》跋中云：「綜其生平，殆無日不在拂逆之中，然雖處困頓，一編不去手，志潔氣愉，時時流露於感懷觸興之作，無焦殺愁苦音，其胸次淡定若此。」吕景蕙詞作以抒寫性靈爲主，直窺内心，但詞境過窄也是其之一病。

紉佩軒詩詞草

周羽敬題

序

詞學發軔。遠在陳隋。蔭樾孳乳。昌諸兩宋。蔚爲專詣之學。自成一家之言。弈世以還。百城是擁。坐令嗜古深思之士。翻雲葉而俱芬。選聲訂韻之流。書芸籤以嗣響。亦云盛矣。嘗謂詞婉而諷。貴得典雅之遺。文茂而雋。維以麗則相尚。會心不遠。神味獨絶。出諸士夫緇素。每立匠以爲宗。發之象服中閨。亦令儀而多致。思夫明燈一篝。花當葉對。小樓片席。乍雨疑晴。情似欲流。意若有俟。咏物則要叔畫障。游蜂驚其折枝。比興則楚些臨文。美人喻以香草金荃集句無待側豔以爲工玉板題篇自有性靈之可托雲山檻外筆底呼來丹鉛座隅卷頭試署曼吟則撚脂欲吐細細猩紅握管則染黛斜添絲絲蛾綠碧玉爲鎮書之具三篆靈文紫露琢押筆之牀一痕月架銅蠡漏響花亞枝陰鉄馬簷鳴風隨雲絮萬象都寂天籟微聞千劫不更鏡心自覺此際極詞境之至幽卽斯境極詞心之至慧苟喻於茲便通聖域筠枝湘管芻狗相看矣余夙嗜雅音尤好詞事將以昌吾鄉之宗派進蘭畹於珠林諷誦之餘漸求珍籍縉紳而外遂及

笄笳。夙藏衆香六卷。孤槧以自矜。繼得南陵百家。衆流所萃匯。反而求之吾宗。將以廁於大雅。遂獲斯集。吾景蕙嫂氏撰也。著籍陽湖。受姓河南。幼舲舍人之妹。孝綽題門。涪皤寄詠。視左思之悼離。方柳州之志墓。迨歸吾苕卿大兄。賃廡相舂。皋橋伯鸞之樂。賭書潑盞。中州紹聖之年。蕫缺受饁。於隴頭見稱臼季。樊英拜手於牀下。爲告陳實夢憶新詩。發緘驚其神異。荆釵自足。厚爵無改年時風雨歸來。唱酬相屬。匏尊迭酌。韻會遂陳。乃至乍寄征衣微縫針線。纔添落葉。細檢沈檀。室邇人遐。東海窗秦嘉之問。三秋九日。蘭成爲上黄致詞。或則芳洲杜若。自訂佳期。朝日北林。爲攜勝侶。山光水色。紛披於翰墨之間。秋實春華。悟徹於中邊以外。白雲紅樹。佐我清才。金縷玉徽。試其絕技。凡兹所著。莫不能工。獨惜中歲。遽構奄忽。繐帷雪涕。元明無自執經。鸞鏡沉暉。子思徒以虛位。昌黎製誄。長負殷勤。曲城議喪。每崇先覺。繼以悼亡則潘岳背城。惜逝則奉倩神往。吾兄從而不禄。歌傳比翼。悵望於靈扃。藥發連枝。遙冀於再世。手澤零落。梧檇遂疏。十年轉眼。華屋山邱之感。三冬掩泣。南皮北館之游，永言在昔。慨念於茲。乃者兄子元艮能讀楹書，善承先志，搜螢簡於蓋篋，慰慈懷於幽宮，將以遺稿授之手人，殺青有日，來問余序。余以花翁選本，溢美於濟南；初蓉別裁，多取夫彤管。況此吾宗之秀，允宜玉笈瑤函，更彰林下之風，合譜璇宮梓瑟。書以歸之。甲戌九月武進趙尊嶽書

目錄

買陂塘　冬夜寄懷泰州凝秋表妹

貂裘換酒　和　伯兄都門消寒之作卽依原韻

百字令　題同音集

賀新涼　題醉瞑勺藥圖

買陂塘　暮秋晚眺

臺城路　歲暮有感兼懷　大兄

貂裘換酒　庚子暮春薄游約園歸後感賦

菩薩蠻　題費屺懷夫人秋窗論畫圖兩闋

蝶戀花　寄外

一闋呈　兩兄斧正

滿庭芳

滿庭芳　淸明

滿江紅　讀岳武穆王傳

菩薩蠻　夏夜卽事四闋

高陽臺　咏螢

滿江紅　中秋

金縷曲　玉蜨梅

金縷曲　春光明媚肝病纏綿偶作小詞以誌懷感

紉佩軒詩詞草

陽湖呂景蕙著

買陂塘

奉題　粟香世丈先生仌泉倡和集卽依融穀厂元韻

展瑤編詩人循吏披吟如挹風度蒼梧幾輩留陳迹空憶當年烟樹尋墜緒仗丹荔黃蕉渲染新題句泉清亭古算石甃銀牀漫郎去後賸有蘚痕補　江鄉好偶爲蒓鱸小住前游歷歷堪據費他多少才人筆繪出南荒風土微哦處怎一樣詞壇此便金湯固墨花試舞看珠玉前頭箏琶細響也要雜宮羽

高陽臺 伯兄聽雨不寐元韻與仲兄和之

靜夜簾櫳薄寒庭院羅衣不耐更深乍斷還連料應灑遍花陰孰教清漏添如許一聲聲冷透詩心到天明無限廉纖無限蕭森　偶然試寫巴山句奈頻番剪燭苦未成吟卻憶橫塘荷衣零落難禁小樓曾祝春無恙潤蒼苔舊徑堪尋恨殘更儘力將愁壓上羅衾

浪淘沙 春夜聽雨

雨滴漏聲殘夢冷闌干釀花天氣意闌珊敲碎愁心渾不管兀是潺潺　寂寞小屏山煙水瀰漫杏花風裏捲

簾看底事重棉猶料峭乍暖還寒

滿庭芳 春暮送玉泉妹赴湘潭

南浦歌殘河橋煙冷綠波時盪寒雲遠山如黛翠影落芳樽最是長亭倦柳一絲絲織就離痕凝眸處漫天煙絮似我惜餘春　銷魂芳草路夢隨帆遠愁共詩新任揀花開遍搖落江濱此後潮回湘水秋風起可憶鱸蒓人去也幾聲柔櫓寂寞倚黃昏

百字令 題墪杏樓誌痛編

文星驚墮問前身是否玉樓仙吏慧業幾生脩得到紅

杳日邊曾倚江夏方黄東吴擬陸衹覺輸英氣崢嶸如此聰明何竟遭忌　堪痛劍氣沈埋珠光黯澹寂寂杉齋閉墨瀋淋漓雲變化誰道神龍見尾嬴博城遥望思臺古一掬西河淚樓高休上秋蒐一片無際

滿庭芳 詠並頭蘭與外子分韻　附原唱

幽谷分香晴皐儼色亭亭顧影無儔籠煙泣露雙穗燦枝頭秀絶清芳共抱問凡豔慢鬬風流長相伴同心連理應不替花愁　凝眸低亞處芭齊碧暈跗並紅柔願此花常好芳醑濃浮乞得輕綃珍護簾波静莫上銀鈎

南陔畔好隨萱草盡日詠忘憂

滿庭芳 市中得蘭蕙一枝同莖雙穗相對如語植之盆中清芳可掬與璇友分韻各成一解

苞淺抽青斑勻吐絳瓊葩雙燦仙莖鑪煙寫篆鎮日下簾旌最是同心解語還贏得一室幽馨雲屏裏天教位置不待乞瓊英　盈盈詞客佩生香活色相伴娉婷笑人間凡豔誰共齊名暢好風暄日麗花長壽助我吟情粧臺畔攡箋賭韻小咏酹花靈

摸魚兒 初夏病中寄外

聽者番重門寂寂涼蟾一片任護厭聞蓮漏聲聲急況又語鈴如訴縈別緒便寫盡鵝箋難盡想思句愁懷似責正旅館燈昏深閨夢遠幾陣黃昏雨　迢迢路屈指歸期恐誤金錢遙卜無據病寬已覺東風惡忍見亂紅飛絮閒凝佇怎纔下心頭又上儂眉嫵短長亭樹想攀徧柔條歌殘金縷漸覺風塵苦

買陂塘冬夜寄懷泰州凝秋表妹

記當年艫聲帆影驪歌悽惻南浦霜天月落空江冷最憶長淮煙樹往歲曾寓清淮距今八載矣縈別緒把尺幅瓊箋題徧懷人

句離情幾許正病怯餘寒風喧敗葉寂寞掩朱戶　疎欄外一片涼蟾任護數聲歸雁斜度夢魂欲趁江潮去無奈曉鐘催曙凝望處料一樣夊奩照盡愁眉嫵何時重晤待刻窗西評詩硯北同話聯牀雨

貂裘換酒和　伯兄都門消寒之作即依原韻

朋舊徵嘉會羨豪遊清狂俊賞上林春醉莽莽燕雲風雪地飲似長鯨吸海只雷岸離懷未墜寒雨薶愁愁剗月撫鏡鸞瘦損清蛾改飛綠蟻烹銀膾　故園梅萼依然在問何時夜窗刻燭清吟還再悟徹浮生如夢霧着

我艱辛卅載況春日鶯花無賴回首關山應悵望隔雲泥遙灑西風淚千里外鄉心碎

百字令 題同音集

縹緗一卷似驪珠顆顆夜光飛吐鮑謝家風傳誦久頒到鸞箋快覩鏤月縫雲搓香團雪絕唱蘭亭句玉臺人物瑤清月姊應妬 曾記畫舫笙歌衣香鬢影半面微波注 去秋舟次曾晤芳徽距今一載矣 疇昔湖山供點筆雅稱詞壇高據 聞在武林與諸名媛有詩社之會 結社評花褰裾鬬草疎竹芳梅侶霓裳同詠

棣花集又重譜

賀新涼 題醉眠勺藥圖

夢冷銀屏悄倩誰描琴心眉語瑣窗深窈紅雨一簾春瞴晚猛被翠鶯驚覺但鎮日黛蛾慵掃花氣微涼人淺醉賺東風彈指情天曉芳意歇墜歡渺　紅綃淚濕青樽老叟文園詩魔酒病拚將懊惱只有畫圖聊解事省識髩雲鬆裊悵棼尾餘香空繞鈿約釵盟今已誤賸吳綾半幅想思稿剗不盡卷葹草

買陂塘 暮秋晚眺

悵秋光年年易老霜花又飄繡幄平蕪草沒斜陽道隱

約青山一角凝愁目看瘦菊如人也怕西風惡愁隨欄
曲正葉響空階蟲吟暗壁冷蜨抱香宿　登臨處最是
晚煙漠漠歸鴉幾點相續蘆花吹盡砧聲急忍令歲華
輕逐憐搖落把一抹秋容收入雲箋幅何時願足待覓
徧奇峰攜來樽酒翠袖倚寒竹

臺城路 歲暮有感兼懷大兄

綺窗斜透蕭疎影東風暗吹情緒眉月窺人鬟雲壓夢
賸有春魂如絮凄迷雲樹歎草草華年流光難駐無地
埋憂愁心還逐逝波去　空庭幾番延佇雁行天際遠

寒峭如許薄霧欺煙棲鴉啼月點點離痕凝聚惱人風雨看憔悴青蛾鏡鸞慵舞小立回闌夜深翠袖護

貂裘換酒 庚子暮春薄遊約園歸後感賦

蟾影晴波側照分明千秋青史一池碧血夾水長虹明鏡在極目迷離遺跡看踠地垂楊如織詞卷長留忠憤氣（約園主人有詞數卷今已付梓）弔荒邱擁翠亭邊月（園有擁翠亭自兵燹後僅存陳跡）風颯颯聲嗚咽　重興賴有閨中傑歷艱辛肩扶畫棟手攙殘碣（今約園主人矢志恢復葺屋數楹數易寒暑始覩厥成）　蒼翠山光輸粉本罨畫游絲千尺正花妥蜨慵時節我願攜鋤供汲掃結芳鄰待伴幽

人窗春雨細曉煙濕

菩薩蠻 題費屺懷夫人秋窗論畫圖兩闋

文紗靜掩屏山曲蘆簾紙閣人如玉牙管一雙鐫秋燈注畫筌　百城同坐擁福慧前生種此地卽瑯環聯吟且閉關

金題玉躞搜羅徧明窗對勘霜毫靚舊館署盟鷗重登秋水樓　才名趙平聲管亞我欲低頭拜私淑在錢塘重添一瓣香蕙於近代閨媛最仰錢塘汪小韞夫人

蜨戀花 寄外

隱約紅窗銀押護嘑破簾櫳恨煞黄鶯語燕子啣將新恨去萬千心事憑誰訴　舊約榴花芳訊誤來詞有榴花照眼同泛香醪之句待卜歸期試把金錢數記得銀蟾雙照處團圞兩字心頭鑄

蝶戀花　秋夜寄外

微雨簾波清夢濕斷續蟲聲枕畔和愁說一片濃霜寒杵急黄昏人怨秋闈別　紅豆慢拈心似結寸寸相思併入眉峰窄緘得瑤函和淚摺不情最是團圞月

蝶戀花　送外

窣地簾波春晝午楊柳無情緣徧長亭樹已覺離懷如亂絮那堪鶗鴂催人去　莫向金樽傾綠醑凝立花前襟袖沾紅雨欲話愁心還又住明朝便是天涯路

買陂塘秋夜寄懷　伯兄溉上

甚蕭條西風容易吟魂一片無據井梧搖落楓江冷幾點歸鴻斜度閒凝佇叶仄記刻燭宵深題徧池塘句商聲幾許正黃葉敲愁疏簾織夢寂寞渭城樹　關心處最是砌蛩絮語和將清漏如訴蕁香鱸美江鄉味憶否故園鷗鷺牽别緒賸一抹秋容認取山眉嫵聽琴海嶼待

商略扁舟淞波煙月同話茜窗語

貂裘換酒 病中即事寄呈 伯兄

簾押深深護認宵來玉蟾影亞金猊香炷瞥眼韶華如過客贏得病魔幾許只一點離痕難訴回首春申江上月最關心花萼樓深處聯咏地應重遇 迷離蝭夢渾無主怎禁他風憔月悴鶯欺燕妬別有情懷愁未了付與落花飛絮賸宛轉柔腸千縷倚徧屏山凝望久大雷書喜報蘭芽吐 時伯兄得子旬日矣 欣入手雙魚素

百字令 秋夜寄懷 仲兄、

涼飈起矣漸西風吹老半庭秋色一片離情無着處付與寒蟬嗚咽霜葉凝愁秋花織恨無賴清砧急商聲漸警簾波纔上纖月　最是雷岸書歸開緘無恙喜溢眉峰碧料得客中羈旅味彼此天涯惜别零落荷裳悽迷雲樹此景何堪説幾時共醉玉梅先逗消息

金縷曲 題韡青遺集

一覽遺珠玉認前身瑤華宫裏芳名尊綠生本蓮胎遭小劫偶向塵寰託足況自古清才妨福鏤月裁雲今已矣讀迴環我欲爲君哭泡影散曇花落　殘編零縑傷

心曲仗仙才輯成蘭稿纏綿盈幅粲出生花微妙筆心與浮雲相逐問聲調大家誰續綠竹疎梅同色相墮秋魂一夜罡風惡人世事原棋局

菩薩蠻 樓中晚眺

晚鴉幾點捎雲濕朔風陣陣吹殘雪凊影入窗紗呼童煑雪花　疏林棲暝色一抹炊烟碧莫倚曲闌干臨風增暮寒

金縷曲 題錢夢龜詩集

展卷披吟處競相看毫端活現詩人綺緒咏絮凊才應

有幾誰料而今重覯更寫出大家風度乞得瑤章珍錦篋滌塵氛勝讀蘭成賦鐙影暈穗千縷　思君試寫停雲句聽歸鴉叫殘涼月紅凝楓樹曲曲屏山遙徙倚咫尺萍蹤待訴把心事濃題絹素放眼蘭閨誰作者歎浮生一例皆塵土容拜倒詩壇主

卜算子 足疾纏綿欲歸不得悵然于懷口占小詞一闋呈　雨兄斧正

暑去晚涼生酒醒人無寐待向紗櫥覓夢還牆角蟲聲碎　慢怨雨和風花落人憔悴剪剪輕寒薄袂生點滴離人泪

滿庭芳

頰暈潮紅，眉消烟翠，盈盈素靨含顰。拈花無力，依約困嬌雲。生就韋娘風度，行歌杳、顧曲何人。回眸處，雙渦微現，一枕印春痕。　殷勤頻記取，紅箋淚瀉，誰寄溫存。恨年年柳色，不解傷春。最是背鐙軟倚，相思字、譜入瑤笙。瓊筵畔，春情一掬，不語總銷魂。

滿庭芳 清明

草碧裙腰，花凝人面，綠陰深處春濃。香塵十里，軟襯踏青驄。垂柳千條空裊，盼長堤、目斷東風。最好是，韶光三

月乳燕話簾櫳　分明曾記得聲聲杜宇已是春中看
依依倦蝭還比人慵惆悵鶯花漸老更何堪別意惶忪
大兄時將北上盡流連粘天飛絮淒逐夕陽紅

滿江紅讀岳武穆王傳

一代孤臣空遺得千秋勁節憑弔處青山不老暮雲萬
疊志吸強金軍百萬胸吞洛水濤千尺向長天遥望北
雲飛增淒切　今古恨何從說千載下傳忠穴嘆中原
王氣黯然銷滅回首滄桑幾更換傷心世事今非昔聽
墓門林表杜鵑啼聲聲血

菩薩蠻 夏夜即事四闋

綠陰滿院中庭白碧池流水蟬聲歇露挹五銖輕窺窗月轉明　寒蛩何鳴咽不語凝愁立倚徧玉闌干涼螢逗薄紈

水晶簾挂纖纖月明星搖漾銀河側一枕臥松風綠窗殘夢濃　玉爐香乍燼燈閃蛾飛影幾陣晚風諒芰荷盡日香

參差竹影橫塘立蕉陰飛上琉璃格石枕竹匡牀南華蝶夢涼　瑤堦清露冷憔悴嫌鸞鏡不覺月痕西暗香

上翠微

思親夢繞關山月迢迢泉路慈容隔往事不堪思低徊泪欲滋　燭花搖素影極目淒涼景難覓返魂香寸心怎報償

高陽臺 詠螢

扇影搖紅苔痕綠皺光微度簾旌薄舞輕飛依稀墮落殘星瑤堦濕露冷冷白點芳塘砌畔初停照分明幾處書燈幾陣蛩鳴　隋宮舊跡休重省賸荒臺堤冷烟銷餘青無限低徊憐伊身世浮萍閒情擬托寒蟬訴奈寒

蟬不飄零逗衣輕半壁牆陰一曲圍屏

滿江紅 中秋

蟾影波光渾疑是瑤宮銀闕舉眼望星河不動水天一色萬里樓臺涵碧水一鈎簾幙搖紅月步虛廊清露正潺潺雲鬟濕　千古鏡無明滅人世事有圓缺問姮娥仙府可容人識金粟光凝香霧滿玉壺朗照冰輪徹原亘宵莫促漏聲殘娛今夕

金縷曲 玉蝶梅

洗盡凝脂迹怎無言孤山斜倚一枝清絕冷豔寒容誰

得似豈共凡葩鬬色料偶被罡風吹謫乞得盈盈瑤闕種瑣窗前疑是玲瓏月鴻雁過聲淒切　江城試探春消息記當時壽陽粧就輸他淸格翠袖寒生人獨倚莫使東風輕別祇素蜨前生綠酒釀愁未去望長天夢斷羅浮隔多少事付橫笛

金縷曲 春光明媚肝病纏綿偶作小詞以誌懷感

綠瘦蒼苔院晝沉沉狂花飛撲重簾休捲花妥蜨慵人意懶底事離懷蕭索正曉睡被鶯驚逐藥鼎爐烟今已慣最難禁愁損雙蛾綠思往事總悵觸　病魂不奈東

風惡忍聽他幾聲歸燕此心似繭料得深宵烟雨後花底酒香如昨可知否有人愁獨欲向茜窗尋短夢怕夢魂不到深閨曲殘月裏曉風落

跋

吾四姊名景蕙字若蘇又號璇友性亢爽嗜學年十五即博通今古善詩文經伯兄幼舲指授藝益進同里金粟香世丈刊毘陵閨秀詩文集蒐採及之一時士林膾炙姊幼失怙恃依兄嫂以居遇手足間最友愛先長嫂次兄及伯仲兩姊先後物故姊爲之一一料理以教養遺雛爲己任愛護備至余最稚姊尤另眼相視教督撫育無異母氏姊年二十有四適同里趙茗卿爲室事寡姑嗣姑婉娩順從動中禮則女紅烹飪一肩負之内外

無違言姊文茗卿恂雅負文譽而落落寡合所至坎壈未得一展其志姊極心力以助惟勤惟虔里居時在女校教讀並設帳授徒藉謀升斗後隨長兄嫂旅居海上賃廡設塾並就外館數處幾席不暇煖曷誨後進極有法度遠近爭執贄成就至衆識與不識至今稱道不衰也姊歿年五十一綜其生平殆無日不在拂逆之中然雖處困頓一編不去手志潔氣愉時時流露於感懷觸興之作無焦殺愁苦音其胸次澹定若此外甥元艮年少老成才識優異畢業於交通大學今留意習航空轉

盼學成克繼先志此姊在九泉下亦當含笑者也姊所作詩詞大半散軼近檢遺篋得殘稿三十餘章余雖不善爲詞而知好之摩挲撫玩不啻親接音容緬維曩跡日月逾邁不可追尋反復遺墨珍重如何矣甲戌仲冬

妹呂雪儔謹識

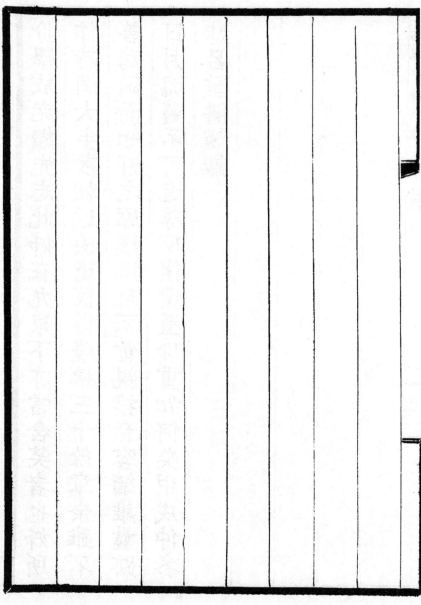

王蘭馨 撰

將離集

民國二十三年（一九三四）排印本

提要

王蘭馨《將離集》

《將離集》，王蘭馨撰，詩詞合刊，民國二十三年（一九三四）北京京城印書局排印本。上海圖書館、北京師範大學圖書館、華東師範大學圖書館、吉林大學圖書館、南京大學圖書館、北京大學圖書館、四川大學圖書館等有藏。封面有錢玄同題簽。前有王蘭馨《將離三首·代題辭》。卷上爲詩，卷下爲詞，各輯録一九二九年至一九三三年間的詩詞，以先近後遠的時間排序，集末附勘誤表一份。

王蘭馨（一九〇七—一九九二），號景逸，廣東番禺人，俞平伯、錢玄同女弟子，李廣田繼室，著名宋詞專家，主要從事舊體詩詞創作。王蘭馨才貌雙全，一九三四年畢業於北京師範大學中文系並出版詩詞集《將離集》，一九三五年嫁給李廣田。李廣田（一九〇六—一九六八），號洗岑，筆名曦晨、黎地等，著名文學家與教育家，婚後王蘭馨與其育一女李岫。一九七八年王蘭馨出版詩詞集《晚晴集》。王蘭馨生前先後執教於南開大學、清華大學、雲南大學等高校，終身從事教育工作。《將離集》主要收録其一九二九—一九三三年間的作品，屬於王蘭馨早期作品。「將離」，芍藥的别名，芍藥花盛開之際，王蘭馨也即將大學畢業，從校園走向社會，故將其大學時代創作的作品結集成《將離集》。與二十世紀七十年代「文革」結束後出版的《晚晴集》以稱頌新中國建設事業，充滿昂揚的激情，具有鮮明的時代政治烙印不同，《將離集》以關注小我爲主，愛情、親情、思鄉、友情等是作品的主要内容，較少涉及家國大事、時事風雲。詩詞善於化用前人作品，愁情是主要的情感指向，詩風平易簡淡，詞風淡雅婉約，清新疏麗，頗有易安風範。兒女之情是集中最主要的内容，縱觀其作品，這種思念更多的是一種天上人間的别離，有淚、有怨、有思，種種交集，構成了一種難以言盡之愁。「愁」不僅是《將離集》的主要情緒，更是這些兒女情長類作品的主要情緒。從詞意來看，詞人應與那個「他」天人永隔，故也成了一種痛徹心扉的思念。而王蘭馨與李廣田結縭是在一九三五年之後，故這些詞作所抒發的對象或許是她婚前另一段刻骨銘心的愛情，而那個「他」不知何故英年早逝，才留給詞人無盡的思念和痛楚。如《荷葉杯》「又見樓頭新月。凄絶。誰按小銀箏。而今真箇讓多情。舊夢欠分明」，化用了納蘭性德「人到情多情轉薄，而今真個悔多情」（《攤破浣溪沙》）詞句，讀來自是一種凄涼。

將離集

王蘭馨

將離三首 代題辭

此花開後更無花，香冷鶯啼感歲華。況是春殘兼日暮，斜風細雨滿天涯。

聞道將離結束春，我將此卷了前因。紅消翠減凋零盡，散入人間萬刼塵。

拈花一笑百年經，持贈爲妨累此行。好是人

間無所欠不將餘念障來生

將離集卷上

王蘭馨

此去三首 以下二十二年作

此去相逢未有期，茫茫挾瑟欲何之。不堪回首思量處，贏得生平一卷詩。

蹀躞宮溝感逝流，落花風定也難收。人間獨闢鍾情局，敢把相思誓白頭。

春到人間莫見知，生憎花發柳垂絲。從今風

夜常開眼報答當年未遇時

爲何

愧無慧劍斷情根只解憐才與感恩掩抑靈犀釀薄霧蹉跎心事逐輕塵落花易結人間夢明月難圓天上因已省色空無二相爲何抵死謝佳人

集定公句贈惟蘭

側身天地我蹉跎紅豆年年擲逝波吟到恩

仇心事湧夜思師友淚滂沱
歌泣無端字字眞金門縹渺廿年身今年燒
夢先燒筆删盡蛾眉惜誓文
罡風力大簸春魂襟尚餘香袖尚溫今日不
揮閑涕淚天花容易隕靈根
一燈慧命續如絲詩讖吾生信有之心藥心
靈總心病夢中傷骨醒難支
道場䆀䆉雨花天我欲收狂漸向禪緣參人

噯愁太早莫因心病損華年
二分粱甫一分騷塵劫成塵感不銷北望觚
稜南望雁秋心如海復如潮
春寒銀銚藥生香小夢溫馨亂客腸早被家
常銷慧骨南風愁絕北風狂
莫將文字換狂禪閱盡詞場意惘然世事滄
桑心事定懺君自懺法無邊
登臨

四方多難怯登臨，一寸柔腸百慮侵。明月東
來空好色，夜烏南渡盡哀音。胡氛熇赫邦家
急，春日遲回草木深。我有龍泉古劍在，匣中
夜夜作龍吟。

無題

而今眞個悔多情，但値涼宵總淚零。淪落窮
途偏遇我，風波狹路苦憐卿。才消可令詩懷
減，憂積能催霜鬢成。欲把千言託夢寐，奈何

夢也不分明

無端哀怨竟年年我欲憐人還自憐明日黃花蝶倦舞一簾寒霧鳥難前傳聞鍊石能彌恨證到拈花未了禪綺障齊天難懺卻愈經磨折愈纏綿

城南三首

酸辛銷骨也銷狂如此情懷太可傷路近城南心已怯爲他垂柳惱人腸

斷雨零烟黯黯天城南春老柳飛綿鶯花易了今生夢一度思量一惘然

城上青蕪畫角哀斜陽影裏獨徘徊若知負郤當年意何必尋春到此來

眼中淚

君住玉溪頭我住玉溪尾中有千行淚化作玉溪水點點憐君意滴滴感君情點點復滴滴淚眼不曾晴邂逅玉溪潯沈吟直到今我

心作君心始知相憶深相思了無益眼枯君
不知倘得一點滴君衣眼枯見骨復何辭
奈何
秋人偏易感秋音一紙沈吟直到今碧海澄
滄珠化淚青天迢遞月爲心情知秋嶺朝朝
淡愁似春江日日深已省相思了無益奈何
只向個中尋

不辭二首

不辭清瘦似梅花一諾人天無怨嗟掩抑哀詞金縷曲踟躕心路玉鈎斜新愁舊夢補遙草有淚無名咽暮笳佇立楚天思縞袂不辭清瘦似梅花

不辭清瘦似梅花拚把悲涼送歲華舊路連綿遮碧草雲山縹緲斷流霞凄風吹雨來銀浦白露凝霜滿玉葭望眼今宵迷遠渚紅樓迢遞認還差

古意

君住玉溪南我住玉溪西愁心訴明月幽情託燕鸝

渺渺溪中水綿綿堤上草思君不見君相思令人老

翩翩林間燕絲絲溪上柳感此纏綿意願得長相守

我騎白馬來君騎青驄去相逢狹路間淚下

如秋雨

春思

風雨無端斷送春南園紅老杏生仁滿斟芍藥將離酒重結梅花末了因海上有仙應入夢人間無路可藏身昨宵夜雨堪惆悵聞道南溪綠滿津

斜風細雨懶開門衣上啼痕雜酒痕楊柳門關三徑綠桃花簾捲一燈昏縈思漫咏燈前

何抱恨頻觀劍上紋腸斷簾前芳草色恰如
小玉越羅裙

悲懷

沈沈瑣戶繡簾垂冷月啼梟刺骨悲碧海鮫
寒空有淚紅蠶春老易成絲釀成一死纏綿
意爲感三章怨慕詩此夜小樓風轉急紙窗
策策益淒其

春假

一夜春波漲玉池綠窗寒重夢參差已將幽
恨生烟草莫把深情付柳枝鸚鵡籠中言已
拙蜘蛛簷底倦成絲春來常是垂簾臥萬紫
千紅總負伊

枕上口占

夢中喜得暫揚眉覺後依然萬事非凄絶連
宵風雨夜病中頻夢錦城隈

感舊 以上二十一年作

亂散天花石點頭餘香着袂至今留斜風鎖
就蘅蕪怨細雨織成芍藥愁彈指三年如隔
世傾心一語抵封侯人間多少悲涼淚化作
猿啼筆底收

無題

沈沈簾幕捲西風執手紅梨夢轉空行露尙
留宿草徑繁霜今到蕙蘭叢愁來白髮三千
丈路阻蓬瀛十二峯聞道秋來烟水闊涉江

休去采芙蓉

羌笛垂楊怨遠天蹉跎恨在夕陽邊雲山縹緲暮還見江澤踟躕只自憐弱水三千沈一羽驚濤十丈阻幽灘而今眞個已無路忍淚回頭望大川

答問二首

忍心寧道不傷春淺笑須知是苦顰已冷情腸寒水玉未灰心事爵香塵諒無精衛塡滄

海空有啼鵑怨暮辰爲感關情相問訊忍心寧道不傷春

忍心寧道不傷春減翠消紅風雨頻湘竹多情偏染淚山椒無語只含辛莫將深意勞青鳥那有佳音報錦鱗凄絶今宵楊柳月懊儂聲裏倍傷神

省墓

少小深恩未敢忘昊天抱恨已難償自從淪

落艱難路消盡人間萬種涼
蒼蒼松柏鎖烟斜老樹枝頭噪暮鴉怕苦親
心未敢道兒如斷雁在天涯
飲恨皐魚淚已枯杯漿能到九泉無思量一
語安親念兒在殷勤讀父書

涼宵

一點殘鐙坐自凝蕭蕭涼葉打窗櫺窺燈飢
鼠如思語啼月寒鴉不可聽漏盡香消如許

恨雲深水闊可憐生何來天外孤鴻語驚斷離魂好處行

偶成

誤卻毫端誤萬端回頭一事一悲酸心燈耿耿灰生燄雨淚涔涔夢未安天若有情天亦老海眞藏恨海難乾此宵簾外春寒重莫把冰絃着意彈

集玉溪句

流鶯飄泊復參差莫枉長條寄所思我是夢中傳彩筆月中流妍與誰期

月斜樓上五更鐘我欲西征君又東遠路應悲春畹晚楚歌重疊怨蘭叢

惟有衣香染未消碧潭珍重駐蘭橈玉璫緘札何由達楚厲迷魂逐恨遙

莫遣佳期更後期霜天白菊繞階墀何當共剪西窗燭可要金風玉露時

終古垂楊有暮鴉，十三絃柱雁行斜。人間桑海朝朝變，少得團圓足怨嗟。

萬里誰得訪十洲，天河迢遞笑牽牛。劉郎已恨蓬山遠，埋骨成灰恨未休。

龍護瑤窗鳳掩扉，殘宵猶得夢依稀。背燈獨共餘香語，萬里雲羅一雁飛。

斷無消息石榴紅，更隔蓬山一萬重。雲路招邀回彩鳳，鬱熏微度繡芙蓉。

萬里西風夜正長重幃深下莫愁堂鄂君帳
望舟中夜月露誰教桂葉香
瘦盡瓊枝詠四愁同君身世屬離憂人生豈
得長無謂更醉誰家白玉鈎

無題

紅梨樓外轉輕雷微雨簾前見燕回蕉牖塵
封鸜鵒柱東風恨鎖鳳凰釵獨留青眼酬知
己敢把丹心寄上才凄絕今宵燈影畔心香

一寸半成灰

人天終古是相思死死生生總是痴鸚鵡一篇才子賦桃花三首女兒詞秋千院落雲停夜楊柳樓台月上時畢竟東風無氣力落花一任滿階墀

寄明湖故人

三年一別意何如潦倒天涯故舊疏月夜誰爲歌古調索居常是負晴湖每因苦恨添霜

鬢暫拋窮愁讀舊書腸斷雨聲燈影裏今宵
重憶相逢初

病懷

黃花池館怨西風耿耿青燈照病容銷骨悲
涼成轉側斷腸影事記朦朧愁來酒醒香消
後詩在疏桐細雨中欲寄數行相問訊雲山
疊疊水重重

春感

情懷瑟縮不宜春孤負芳菲次第新已是鎬愁復抱病何堪無酒更無人玉溪句柔懷老盡詩難喚香篆消殘夢不溫日暮斜風兼細雨閉門挑燭恨難論

柳枝詞

萬縷千絲拂玉塘年年占斷好春光清明時節花如海不聽啼鶯也斷腸

漠漠春陰曉霧封重重幽恨寄東風亂愁飛

作彌天絮莫化浮萍無定踪
羌笛聲中强自支碧波芳草斷腸時年年古
渡風沙岸閱盡人間是別離
霧鬢飄蕭遜落花吟鞭東指是天涯斜陽影
裏頻回首夢裏臺城舊有家
裊裊烟絲罩畫橋鵝黄新月上長條而今翠
袖人爭妬都向東風學舞腰
不解歡娛只解顰獨留青眼送行人凄凉蘇

小門前路斷雨零烟幾度春
畫眉樓上怯登臨愁見簾前凝碧深燕又不
來人又渺閑將翠帶結同心
到處銷魂感舊遊斑騅曾繫紫菱洲而今重
過堪惆悵露縷千絲拂我頭

歲暮感懷

凄絕中宵哀咽篾傳聞胡馬壓邊籬過江名
士新亭淚出塞將軍老杜詩歲暮鼓鼙催短

景天涯風雪阻行期更餘一事堪惆悵羌笛聲中怨柳枝

秋感

雨滴疏桐葉葉秋漏殘燈暈畫屏幽人間自有風霜境江上蘆花已白頭

憶明湖 以下二十年作

憶住明湖邊春風年復年桃花紅似錦柳絮白於綿今宵風泣蓼花露月冷烟闊人不渡

將離集 十四

獨余酒病臥天涯夢魂飛下明湖去

有所思

涼月照疏林清風響暮砧美人天一隅與我如商參天長秋水闊終年絕信音昨夜繁霜落愴然傷我心

鄉愁

久歷艱辛鬢欲華香銷酒醒阻天涯晚風淅淅搖窗竹新月娟娟上碧紗薄病疏衾空有

夢黃花寒蝶苦無家安排腸斷黃昏後又聽城頭咽暮笳

感懷

憔悴生平歷怨恩舊遊無處不傷神紅梨夢醒青山老黃竹歌成白髮新客裏風花多病日天涯涕淚可憐身傷心阮籍窮途哭酒入愁腸莫厭頻

寒夜

月滿窗櫺霜滿簾沈沈銀燭護重幨更因靜坐聽逾永詩到寒吟興更添梅插幾枝供短案香熏一炷讀楞嚴香銷卷盡燈花結仰見清輝瀉步檐

題畫

竹閣山陰傍水開螺峰滴翠絕塵埃花間曲經通幽處引得詩人策杖來

柳邊一鷺起烟塘楓葉初丹荻葉黃酒醒漁

舟秋月白不知身在水雲鄉

倚樓

雁陣驚寒人倚樓飄蕭紅樹白門秋今緣疾病捐鉛黛莫爲艱難負酒籌壯志磨消悲鬢短柔腸老去見花羞此身雖在難回首無恙年年泗水流

嘯歌

風裏蘋香醉裏過醒聽漁唱起烟波士逢知

己移生死人到窮途且嘯歌花雪綺懷銷欲盡江湖俠骨恐無多（定盦句）他年舟下湘陰水好賦新詞贈汨羅

秋夜

朧有殘霜伴月明更無幽夢到蓬瀛樓頭漸覺簫聲咽枕上翻聽雁韵清叢竹流螢光趁影高梧滴露冷無聲天邊過盡征鴻翼密寫烏絲書乍成

寄芷薌長沙

亭亭出水玉芙蕖文采風流我不如耽酒未除當日習絕交畏得故人書天涯淪落傷艱病良友多情問起居聞道洞庭木葉下涼風天末渺愁予

關山月

關山月如弓不與鄉里同天邊月豈異關下多軍卒怕見團圞月卻照殺場骨

初夏

薜荔墻邊發紫薇雨餘池水弄斜暉蕉窗睡起無聊賴燕子花前教雛飛

即事

晝永庭軒靜蕪蘅鎖暮烟窗蟲浮硯水壁鼠敗琴絃重幕留香久繁枝帶雨妍斜陽照高樹柳外數聲蟬

春思

閑愁壓損兩眉尖嬾向窗前對鏡奩門掩東
風雙燕子楊花滿院不鈎簾

早春

小樓春淺杏花寒金獸香銷寶篆殘夢斷鶯
啼無意緒暮烟斜照倚闌干

南海閑步

薌澤氤氛解宿酲長空如洗晚來清波紋不
動魚閑躍荷蓋無風露自傾月過林心驚宿

鳥舟來水面渡流螢何如載酒溪頭坐吹徹
花間白玉笙

雜詩六首

秋江冷落玉芙蓉未必皆因一夜風紅葉飄
零秋水闊茫茫何處記前踪
拚此一身如落葉且將詩筆駐精魂他年人
檢女郎卷不辨啼痕與墨痕
提壺沽盡甕頭春散髮乘舟碧水濱不信華

嚴成小刼尚留微命作詩人

珮聲渺渺楚江深宛轉千回帶淚吟解得東風無限恨長堤芳草盡紅心

擊筑悲歌酒半醒沈淪無計遣今生襟頭剩有浪浪淚留向西湖哭小青或謂小青本無其人一情字耳

欲求縹渺反深幽想見張衡詠四愁賸有一江花草淚三生幻夢落瀛洲

秋夜吟

皎皎秋夜月蕭蕭楓樹林白露下青草悠悠
傷我心感此不能寐起坐彈鳴琴曲徹無聽
者轉軫獨沈吟推琴步微月仰見南飛禽恨
身無羽翼飛向白雲岑

秋情

亂蛩唧唧草間鳴喚起秋宵無限情風露滿
天紅葉老有人愁聽擣衣聲
傳來天外玉簫聲花下聽來獨自行今夜故

都秋一色不知何處月偏明

何處難忘酒

何處難忘酒微風送玉簫疏星皎天步淡月轉花梢玉管催華宴紗燈上畫橋此時不痛飲何以度良宵

何處難忘酒輕陰黯黯天綈袍沾醉質細雨落花殘入夜東風峭憑闌翠袖單此時不痛飲何以度春寒

何處難忘酒悲涼掩玉箏短牆聞笑語深巷
賣春餳弱柳含宵雨嬌桃弄晚晴此時不痛
飲何以度清明
何處難忘酒韶光似逝波池塘生綠草澤沼
發新荷皓魄當窗照清輝向晚多此時不痛
飲怎奈月明何
何處難忘酒桐陰綠掩門雙星渡銀漢微月
照黃昏天上淒涼夜人間惆悵辰此時不痛

飲何以對天孫

何處難忘酒天涯倦滯留木犀無限好明月

幾多愁憑檻悲羌笛彈棋憶舊遊此時不痛

飲何以慰中秋

何處難忘酒東籬菊蕊黃征鴻驚客夢折柳

斷人腸人比黃花瘦愁同碧水長此時不痛

飲何以慰重陽

何處難忘酒梅花繞吾廬夜光浮綠螘春色

透屠蘇歌發誰家宴愁縈客子居此時不痛飲何以慰年除

涼夜

離緒如絲睡不成香銷被冷若爲情窗前月影欺燈影枕上鴉聲續雁聲時動荒鷄知夜永野多宿露少人行遙知此夜城南路一路垂楊送月明

明湖竹枝詞 以下十九年作

鵲華橋下水流急千佛山頭楓葉稀紅藕香殘人不見竹枝唱徹鷓鴣啼

歷下亭畔柳陰濃桃花開日記相逢明湖也作桃源路一路飛花泛水紅

古意

寶釵樓下東風起燕銜楊花入夤裏夢中化作蛺蝶飛路滿芳蕪歸不歸

夏夜

小立橫塘畔荷香靜裏聞雷聲催急雨月色送殘雲鳥宿池邊樹成句風來水上紋此時胸際闊澄澈盡餘氛

水閣

簾捲明波映水紅紗窗縷縷芰荷風近來多少新詩句都在迷濛烟雨中

白雪曲

朔風摶雪斗柄橫夜寒聽徹悲笳聲老梅著

花嬌欲語點苔繽紛如急雨銅龍夜凍冷猶滴漫拂陶絃弄桓笛猩簾低下隔琤瑽冰珠結霰抛輕葯閑撥爐火晚課罷輕裘燰帽銀窗下天開一幅春風圖瓊蕤染色玉搓酥應是麻姑擲珠後桑田都種白珊瑚九天咳唾何足奇兔園賓友爭探驪莫傍燕支山下落怕成紅豆散相思

秋感

天外何來玉笛聲夜涼秋意到雲屏纖雲縹
緲如心淡古井澄滄似夢清雨潤上絃琴緩
柱草香侵局奕開枰昨宵夢裏浮槎去萬頃
松江看月明

惆悵

春雨紅樓徹玉簫天涯苦憶廣陵潮東風佇
立堪惆悵燕子桃花舊板橋

博黍

珠箔深深庭草綠翩翩紫燕蹴香玉惆悵樓
頭柳墜綿春閨夢繞屏山曲錦瑟銀簫鎮日
閑香溫寶鴨淡生煙博黍花前啼宛轉綠窗
人靜抱愁眠夢回喚起愁千斛十九春光去
何速攬衣推枕起徬徨默向雲屏挑淚燭聲
聲報到春將老歸路連綿生碧草簾前春雨
落花多枝上柳綿飛又少蘼蕪庭院易黃昏
明月樓高空斷魂銀箏淒抑春寒重自下湘

簾自掩門聲聲似向離人泣啼向月明聲轉急我今薄病阻天涯佇立瑤階羅袖溼寄語厥禽徹夜飛江南趕到喚春歸莫令中宵杜宇悲須知薔薇有信不能違

秋宵

烟草凄迷螢火低疏桐缺處月輪西小樓此夜西風緊輾轉棲鴉到曉啼

餞春詠芍藥

蝦鬚簾外春如許絲絲細雨織南浦一片飛花逐曉風枝頭剩有流鶯語流鶯宛轉留春住開到將離春將暮旭日紅蒸瑪瑙盤霞光艷照珊瑚樹天涯看花今五年今年花事倍芳妍鴛機一匹雲錦燦驪頷徑尺紅珠圓闌畔花開仍如舊依闌人共垂楊瘦東風不解爲春愁落紅吹滿春衫袖春歸風雨自無情那解替春惜飄零杜宇啼徹黃昏後柳絮闌

干人自憑憑闌問花花不語春魂畢竟歸何許欲倩游絲罥落花亂紅飛過秋千去東風吹綠珠江波思歸未得愁緒多來春我欲分席賞其如花時聚散難定何

西湖訪曼殊上人墓感懷詩二十章

人間的是太荒涼誰散天花作道場願結觀音枝上露爲澆情熖作冰霜

昨夜東風上柳條玉簫聲裹悵無聊十年春

夢追尋處都化錢塘早晚潮
十三絃上證情禪貝葉披離記舊年懺盡柔
情埋盡恨萬梅花下抱經眠
飄蕭風柳悼年華儂亦飄零感落花春士善
悲秋女怨君傷玉柱我琵琶
采罷芙蓉理鬢絲而今羞畫遠山眉天涯切
莫相訊問我是溫柔欲老時
早歲耽禪見性眞思量無計證前因往生鸚

鵡今生佛許是聰明慣誤人

花能解語嫌多事石不能言最可人畢竟阿

誰能解脫與人無愛亦無嗔

搔首蒼茫欲問天傷心難話此中緣詩人老

去鶯鶯在莫着新聲上管絃

十年羸得牧之狂泉路憑誰說斷腸天女拈

花迦葉笑人天無處話滄桑

衣冠濟濟滿江東誰向天涯泣路窮莫怪斯

人獨憔悴胸中蘊結有長虹
青山深處響鷓鴣綠柳梢頭月上初貝葉繙
經消永夜而今懺得舊情無
才人多是耽禪悅豈奈逃禪尙有情燕子已
隨人去後猶尋秀水了前盟
從來夙慧即愁根絮果無由叩帝閽凄絕春
江花月夜一江花草盡啼痕
花香着袂不妨禪小字烏絲寫愛憐回首前

塵成昨夢春江誰覓舊歌鈿
法眼久知空世界只無慧劍斷情根西施湖
畔春如海月夜誰爲招斷魂
忍將飄泊作生涯目斷青山未有家燕子不
知人事改蘇堤立盡夕陽斜
逃禪故事本尋常笑把袈裟裹熱腸淒絕西
施湖上路十年春夢賸蒼涼
同向天涯感寂寥月明吹冷玉人簫舊廂風

月休回首賸有詩人賦大招
生太飄零死亦難白露荒蕪夜吟寒紗囊檢
點當年句好向梅花月下看
莫向秋江采玉蓉人間萬相已成空紅鵑莫
話當年事都在詩人舊夢中

閒中 以下十八年作

修竹園亭靜不譁好將吟嘯作生涯丹毫細
點金荃集素盞新烹普洱茶窗外疏桐不礙

月庭前垂柳可藏鴉閉門自有閑中趣一任春城處處花

殘荷

涼意生秋水斜陽掛遠楓葉披猶賸綠粉褪已銷紅采采嫌衣薄搖搖覺露濃滿池枯不翦留待雨聲中

初夏

錦瑟聲中不可追且將詩句駐斜暉風前垂

柳疲猶舞雨後楊花懶不飛杜宇聲悲鶯語滯芭蕉葉大柘枝肥黃昏閑傍花陰立時有流螢拂翠衣

繁枝吟

繁枝吟一何苦昨日繁花開滿枝今朝風雨委塵土殘花難再香苦調哀且傷看取老婦病路旁安知昔日玉樣容顔雲樣裳

閑眺

春雨發紅梨垂楊拂水齊雲山思入睡烟草
望中迷雨細魚兒出風斜燕子低黃昏聞杜
宇啼過小橋西

明湖晚步

蒼蒼溼翠欲沾衣倦讀南華立釣磯春老湖
山堪入畫雨餘巒岫又斜暉銜花燕子迴波
舞載酒漁船背月歸世事紛紜忙裏過相看
無語獨忘機

幽居

鎮日簾垂地青青滿綠苔門無喧馬過樹有好禽來明月當窗照繁花傍戶開臨風橫玉笛曲罷盡餘杯

初涼

涼葉蕭蕭下秋光掩洞房風來星影動月上樹陰長故里音書絕天涯夜未央橫塘風露冷誰爲護鴛鴦

烏夜啼

荒蕪城上烏，中夜遙相呼。庭前有兩樹，啼向最高處。千聲啞啞斷我腸，攬衣推枕起徬徨。我有慈親葬北邙，月冷烟淒柏蒼蒼。此生已違返哺願，窮愁淪落客異鄉。開窗對烏語，風吹淚如雨。東方未白衆星稀，夜烏啼向南飛去。

閑居

竹裏柴扉傍水開明波如拭絕塵埃雲間明月無心過樹上幽禽有意來臥聽風聲敲翠竹醒看日影上蒼苔門前紅杏花如海都是尋常酒後栽

離情

樓頭微雨杏花稀漠漠輕陰曉夢迷紅淚尚留錦角枕離人已渡若耶溪蝶衣翻粉平蕪遠獸炭沈烟寶篆微春去爲妨花近眼晝長

鎮日繡簾垂

雨餘

雨餘三徑滿蒼苔客至呼僮掃不開淺淡花如新病起徘徊月似故人來風飄柳線牽春水月篩花陰上翠台來去銜泥雙燕子拂衣飛過不相猜

蕭齋

皓魄臨孤館相思益渺然征鴻何日到明月

幾回圓燭影如紅豆書堆似亂山西風蘋末起涼意落誰邊

春泛

碧水初澄印落霞狂歌擊楫泛春槎波心驚起雙飛燕穿破紅梨一樹花

[illegible]離集

將離集卷二

王蘭馨

浣溪紗 以下二十二年作

欲寄芳蘭奈遠何不知何處託微波紅墻眼底即銀河　楊柳簾櫳無賴月東風庭院懊儂歌落英成陣亂愁多

如夢令

寂寞落花庭宇悵望斜陽歸路春去不躊躇

釀就一簾飛絮延佇延佇脈脈此情誰訴

金縷曲

連日情懷惡暗驚心春光晼晚鏡顏非昨柳寵翠嬌寒食近漠漠輕寒都著孤負了春遊芳約翠袖餘香添悵觸病經年殢酒傷孤酌春意遠晚陰薄　零烟斷雨冷銀索甚春來陰晴無準枉占靈鵲箋綠綃紅雙燕子細語同誰商略已隔卻重重簾幕畢竟東風無氣

力任落花長自成飄泊多少恨欲何託

唐多令

羅幕峭寒生梨雲結未成甚年年花事關情
春色已隨流水去啼不住舊時鶯　舊夢已
零星天涯節序更奈重來繡戶長扃一帶銀
墻深幾許明聽得打棋聲

減蘭

芳魂難返漠漠輕陰連別館春過三分一樹

垂垂綠掩門　溼烟十里柳絮濛濛飛不起
淡月銀簫苦憶江南廿四橋

浣溪紗

烟月飄零事已陳紅梨夢醒尚含顰人間重
作可憐春　燕子自來還自去桃花催落又
催新萬般惆悵向誰論

踏莎行

屏繡金鸞枕描玉鳳懨懨悶損和衣擁梨花

小院靜無人月移簾影春寒重　錦字無憑
此情不共夜長漸覺荒雞動淒迷往事苦難
眞而今重憶翻疑夢

浣溪紗

鷓鴣雙雙冷畫屏紅梨枝上月朧明一絲殘
篆惱多情　百首哀詞爭一面人間狹路苦
憐卿此宵飛絮滿春城

鷓鴣天

將離集　三

九死癡魂賸一絲東風吹上綠楊枝年年化作長楊絮飛遍城南君未知　思宛轉路參差鳳樓迢遞燕應迷梨花簾外濛濛絮正是城南月上時

浣溪紗　瑤亭唯觴過余清談竟夜其情可感爲歌八闋

爲感繁霜一曲歌擬挾錦瑟泛銀河斜風細雨五湖波　曲盡環聲沈碧水隔江隱隱現青螺拔山力盡奈虞何

花到飄零惜已遲不須惆悵對空枝人間萬事總參差　此夜南溪明月路桃花如雪柳如絲誰人和淚唱將離

悔着當初北上鞭西山木石海難填無端空惹恨綿綿　如此心情如此世漫從人海說人天碧雲無際水無邊

空谷幽花夆世傷值君爲彼斷柔腸年來我欲鬢生霜　回首煙波驚失路佩環婉變有

餘芳人天何處話微茫

事到難言只淚零城南舊路怕經行垂楊應
不向人青　豈是拈花難解脫爲憐明月太
凄清人生自是患多情

銀字箏調心字香英雄到此也柔腸煙波浩
渺嘆河梁　博得纏綿甘至死信他知己屬
文章暮雲凝望意堪傷

萬疊蓬山不算遥盈盈一水竟迢迢月明林

下見風標　翠羽啁啾惆悵甚天花着袂未能消海天孤月證空寥

拖得押衙今古懷泥人宛轉話蓬萊多情無計爲安排　千刦華嚴心化石愁如可懺願長埋花枝惆悵近人開

更漏子

春晝長春日暮不道此情正苦新睡起對斜暉小園花亂飛　難得見易爲別還似初逢

將離集　五

時節春雨夜夢還家落殘紅杏花

菩薩蠻

昨宵魂夢堪惆悵月明正在梨花上窗下燭搖紅玉人隔畫櫳 分明芳草路莫是重來誤闌畔立多時奈何君不知

采桑子

後園滿地梨花白細雨黃昏往事誰論金獸香殘水不溫 此情惆悵無從寄獨倚重門

擬託行雲幾度臨風拭淚痕

浣溪紗

茵溷飄零羨落花誤人都是浣溪紗年年春怨惹天涯　幽恨成蟾吞北斗柔情化蝶夢南華人天終被暮雲遮

菩薩蠻

鬢花重簪還重卸銀箏彈徹春寒夜燕也不曾來湘簾空自開　流光臨繡戶風響誰家

樹無語掩蘭房今宵特地涼

清平樂

夢回香熨羅幕春寒淺窗外花陰和月轉明朝畫橋春遠三年影事重尋夢中水闊山深那歲白蘋花落傷心直到而今

南唐浣溪紗

往事淒迷欲化煙無端春恨竟年年聞道城南三月暮柳飛綿恨結東風翡翠羽魂消

月夜鳳凰絃此夕星辰非昨夜莫憑闌

更漏子

柳絲長春水漲還是去年惆悵笙掩抑雨瀟瀟隔帷燈影搖　芳草路香如霧都是舊經行處花欹落水西東相逢除夢中

如夢令　以下二十一年作

往事只成追憶獨傍桐陰閑立輾轉記前踪何處數聲長笛凄絕凄絕恰是疏桐淡月

減蘭

青山目斷迢遞紅樓天樣遠碧草黃昏斷續寒砧月下門　星河如練飛過長空南去雁欲識相思看取風前楊柳枝

南唐浣溪紗

病骨支離傍一燈寒宵夢醒轉何憑窗外梧桐和夜雨一聲聲　夢見鳳城惆悵事似曾相識記前生正是絮花寒食路月朧明

菩薩蠻

黃昏一霎敲窗雨窗前人共秋燈語雁不到衡陽書成也斷腸　天寒翠袖薄昨夜繁霜落秋葉倚秋枝此情天未知

浣溪紗

秋壓闌干睡起遲梧桐吹老最高枝情懷淡到更無詩　破曉啼鴉聲斷後香銷衾冷覺來時垂簾幽悄雨絲絲

鷓鴣天

萬頃煙波蕩月華隔江何處響琵琶花飛如霰愁如海目斷青山未有家　煙柳碧晚風斜孤舟明朝聽啼鴉揜他一世如紅葉猶得年年詠落花

二郎神　過明湖故園不勝滄桑之感七八年間而園已三易主余自先君見背漂泊天涯形如斷雁每經此處回首當年不知涕淚之何從也

夕陽亂絮閑煞了荼蘼庭院記檀板金樽綠楊深處一桁珠簾半捲昨日狂飈今日雨却

不道繁華倏換只曲曲碧闌當年憑處餘香猶煖　凄斷芳蕪蛺蝶西風弄晚臍一樹紅梨映波無恙曾照春宵月宴時節飛花天涯少住脈脈此情難遣凄絕處舊日園亭故主也如梁燕

相見歡

雕闌玉砌尤存黯消魂鎖就滿庭芳草易黃昏　繁華歇朱顏改兩成塵依舊當年明月

照朱門

鷓鴣天

原上荒蕪暮靄紛悲笳哀動獨傷神洞庭木下君山寂渺渺烟波欲斷魂　無一語對斜曛不知何處弔湘君此身萬事何曾了獨立蒼茫感暮雲

南鄉子

粵水江邊木綿紅壓蜑人船兩岸榕花一岸

柳遮人首舊日鶯鶯今在否　池上輕雷玉盤三月薦楊梅椰子溪邊春水漲雙凫浴睡起捲簾看不足

烟雨凄凄江花江草望中迷黃木灣邊濤十丈銀魚上片片桃花翻捲浪　落日金波蠻船爭唱木魚歌雙槳輕搖響玉釧花鈴顫笑指波心雙過燕

柳綠榴紅隊隊龍舟出浪中翠羽船蓬迎日

逞金波迸濺羽成珠光不定　十里沙墩素
馨花發白於銀月子朦朧紅荔樹香如霧歌
聲緩緩歸去路

細雨疏疏一江紅樹賣銀鱸芳草斜陽天接
水寒煙翠好向白蘋鄉裏醉　桃葉多情長
堤風調舊知名綠柳梢頭新月後依紅袖素
手纖纖當戶牖

蝶戀花

明月垂楊無限好多少情懷慢向閑人道天若有情天亦老年來漸覺朱顏槁　湘水芳魂思悄悄九曲迴腸曲曲和愁繞若問閑愁何日了年年堤上紅心草

浪淘沙 立春日

往事隔重塵水軟山溫江花江草認啼痕縱使有情還有淚天爲誰春　無語掩重門淡月黃昏今年人憶去年人世事明知都是夢

夢也酸辛

念奴嬌

小桃花落最傷心恰是那年時節凄峭東風驚舊夢簾外數聲啼鴂綠柳千絲梨花一樹相對成凄絕月寒如水情更薄於寒月　回首事已三年玉函錦字一字無殘缺每向涼宵挑瘦燭淚滴紅箋無色流水落花人間天上有恨向誰說年年此際還同碧草爭發

浣溪紗

夢覺清寒透碧幮，玉爐香燼雨疏疏故人顏
色漸模糊一夜雨聲千點淚三年心事數
行書問君知我斷腸無

喝火令

綠曳千絲柳紅消一縷霞秋千院落月鈎斜
十二闌干倚遍聊自數歸鴉　病久香都減
愁多夢轉加記得清明記得綠窗紗記得綠

窗人瘦愁對小桃花

虞美人

玉笙吹醒愁千斛無語對銀燭今宵莫令酒杯空好教衰顏留得暫時紅　凄清霜月欺燈影夢也成悲哽疏櫺寒透一絲絲正是香銷酒醒五更時

卜算子

昨夜夢伊人涉江上采蘭芷若問深情幾許

深有若春江水　擊楫發悲歌冷冷江風起
芳草斜陽可奈何淚落連珠子

憶秦娥

青燈歇隔簾一片花如雪花如雪綠楊枝上
舊時烟月　花殘月冷空相憶昨宵魂夢曾
相覓曾相覓依稀初見頓成悲戚

蝶戀花

雖是前塵銷歇久每自思量悵觸仍如舊一

夜春愁勝病酒明朝鏡裏容顔瘦　簾底春
人簾外柳新月纖纖日暮東風驟料峭清寒
欺小袖安排腸斷黄昏後

虞美人

昆明湖畔春如海故舊今安在風情漸老見
花羞更向天涯何處問前遊　十年一夢如
彈指往事從頭記襟頭剩有淚痕斑看盡他
人離別與團圞

菩薩蠻

子規啼徹紅樓畔月明偏照梨花院立盡綠楊陰誰知此意深　去年寒食後相見憐同瘦已過去年時梧桐發舊枝

浣溪紗

羅幙春殘黯黯天風風雨雨總纏綿不辭辛苦暗相關　薄病疏衾誰念我夢回忍檢舊書看幾回雙淚落燈前

五字詩成有淚痕樓頭春雨一燈昏尋思往事斷吟魂　入夜東風寒又力玉爐香燼夢難溫鷓鴣啼處掩重門

南鄉子

風月轉摧殘苦把春痕繫夢間誰道消愁須仗酒懨懨濁酒雖濃未解顏　錦瑟損華年怕見鶯飛柳帶烟舊恨重重拋不了般般過後思量盡可憐

踏莎行

曲曲闌干重重簾幙春魂化作桃花霧誰將
亂絮比閑愁垂楊那是相思樹　錦字仍存
玉人何處黃昏幾點催花雨雨餘樓角斷霞
明夜來月照深深戶

浣溪紗

秋月春花事已非新詩一讀一沾衣開函紅
豆子離離　一掬靈均香草淚夢回誰解意

遲遲感甄未敢賦陳思

生查子

春寒閉小樓又是斜陽暮無語下簾鈎風撼梨花樹　閑愁如亂絲化作風中絮繞遍玉闌干沒箇安排處

踏莎行

寂寞心情蕭條庭院重簾遮住歸來燕樓頭微雨杏花寒幽窗人定孤燈暗　魂不禁銷

腸還易斷何堪夢裏時常見無言鎮日依闌干眼看綠老垂楊線

卜算子

開到小薔薇又被晨烟困吹老楊枝風未收人遠天涯近　剪燭不成眠舊事縈方寸夢裏依稀認眼波淚渡枕邊鬢

玉樓春

秋千院落簾垂地新月娟娟天似洗紅梨昨

夜委東風雨溼楊花飛不起　無言悄把銀箏理中有傷心無限意舊廂風月似當時惆悵此情無處寄

菩薩蠻

中宵酒醒深秋雨數聲啼雁南歸去消息絕經年燭花和淚彈　徘徊羞顧影碎葉敲窗冷宛轉似迴腸薰爐小篆香

眼兒媚

心字香消盡做灰風落小窗梅好乘今夕月明滿地萬里歸來　重逢莫話人間事往事只堪哀幽冷餘香凄清明月且共徘徊

金縷曲

往事成悲咽又懨懨過了清明斷腸時節異域招魂招不得萬里關山路隔臢碧海青天悽絕月冷花殘幽夢覺冷清清滿地梨花白有人倚闌干側　孤魂難渡關山黑最傷心

玉釵敲竹心事低說血淚斑斑揮落處化作花間蝴蝶算名士傾城相悅水樣年華塵樣事聽瓊簫吹冷蛾眉月風起處花如雪

生查子

拖地柳絲垂細掃樓前路雲破月華明花落無人處　剪燭不成眠起聽新蟲語別有相思情應在芭蕉樹

憶江南 寄宬妹

思往事腸斷月明中猶記不眠聽夜雨並肩人語碎荷風銀燭綴青蟲

臨江仙

遠塞鷄聲和夜雨一窗燈影凄其清寒料峭透羅帷夢回香燼往事不勝悲　一夜傷心添白髮朝看兩鬢生絲此情說與阿誰知人間天上已是隔年期

永遇樂

暗雨吹窗楊花糝徑藥爐香細杳幔沈沈銀鈎悄悄人掩屏山睡月來雲破當窗竹影書遍個人兩字風過處敲響簾鈎喚醒前塵能記瀟湘曲終蕪蘅夢冷往事都應下淚紅杏香殘青衫人老舊恨隨流水才思漸減情懷非故莫向花前重醉賸天涯懨懨風月釀成憔悴

金縷曲 雲妹來書約我異日同歸江南賦此報之

作計吾歸矣憶江南雜花生樹草長鶯起萬里關山勞望眼滿袖征塵怎洗念故國音書誰遞況是聽風聽雨客向天涯何處尋知己我與我周旋耳　此間無地堪沉醉問當年吟儔酒伴至今餘幾紫棘胸中三斗許觸處卽生芒刺總事事不如人意異日江頭垂釣線好買花載酒斜陽裏舊鷗鷺應相識

卜算子 用東坡韻

雨過月華清小院人初靜一桁疏簾宛地垂飛過楊花影　已是隔年期恨也休重省獨倚闌干望斗牛立盡蒼苔冷

臨江仙

天上人間情一諾此情更有誰知十三紘上説相思綠楊風定殘月落花時　月冷花殘成一夢分明是夢還疑而今挾瑟欲何之啼鵑聲裏回首恨依依

浣溪紗 以下二十年作

手把芙蓉讀楚騷一聲樓笛下江皋芳魂秋水若爲招　昨夜夢魂多少恨人天無賴是紅橋覺來簾外雨瀟瀟

蝶戀花

入夜重門風力細燭影搖紅悄悄簾垂地玉笛聲驚南閣睡一彎新月天如水　欲寄情懷無處寄縱不相逢也有相憐意燭淚一堆

家萬里愁心又被風吹起

金縷曲

蓉鼎鳳團熟正黃昏重門人定東風頻促唯有樓頭楊柳月照我窗紗舊綠更誰人伴我幽獨檢點枕函珠樣字擁羅衾扶病鐫愁讀情惻惻剪銀燭　芳心繞遍闌干曲問紅鸚三生舊事翠釵難卜柔腸欹枕如迴輻舊夢新愁相續鎮凄涼無端歌哭誰念天涯牢落

況月明中擊徹哀離筑風淅淅曳修竹

浣溪紗

每道多愁最損人從今切莫更傷神羅衣依舊染啼痕　寂寞綠窗風雨夜紅燈如豆悟前因雙眉只合一生顰

減蘭

幾回搔首灰滅千情無處剖字字分明舊夢新愁兩不勝　青燈初歇透進窗前楊柳月

欲訴濤愁未得言時淚已流
啼鵑聲苦自是天涯春已暮莫唱繁霜天上
人間各斷腸　柔腸寸碎自古多情徒自累
轉自傷憐悔着當初塞上鞭

謁金門

淚沾臆不忍檢伊書迹玉宇青禽無處覓報
伊長相憶　雲外雁聲寒惻此意有誰會得
簾外三更風淅淅月明何處笛

浪淘沙 風夜有感

簾外已三更，風透疏櫺一燈瑟瑟篆烟青欲向枕根尋往事夢有何憑　一語記分明忒惱風聲天涯自是不堪聽知否綠窗挑瘦燭一夜關情

御街行

風來幽巷柝聲碎夜寂靜人無寐書成揉碎衍波箋千萬心情難寄紅樓玉宇人間天上

多少傷心事　瀟瀟夜雨滴疏翠點點是相思淚年年花落又花開那管愁人憔悴錦書仍在幽懷難託宛轉相迴避

浣溪紗

消息愁中又病中黃昏獨倚畫樓東手將楊柳繫春風　子夜啼鵑薄命鳥三春蝴蝶可憐蟲紅心芳草向誰濃

金縷曲

霜月窺羅幕伴雲屏一燈明滅助人蕭索入夜重門風轉遽凄峭清寒頻覺聽窗外梧桐吹落錦字瑤箋依舊在任淚痕涇透枕函角又誰料人非昨　蕭蕭落葉打簾箔爲喚醒前塵如夢渾難拋却回首西風成隔歲此情減盡還惡誰念我漸成瘦削事事回頭成悵惘拚無眠數盡西風柝千萬恨向誰託

小重山

擊筑悲歌酒半醒天涯回首處淚偸零尊前一醉盡生平飄泊恨屈指十年更　月上柳梢青西風吹不斷玉簫聲年來幽怨轉分明今宵月相對不勝情

浪淘沙

典卻鷫鸘裘且醉金甌石州唱了又伊州秋月春花無限好白了人頭　客裏倦淹留莫倚高樓天涯幾日又中秋聞道明湖橋下水

依舊東流

桂殿秋

小院靜，雁聲酸爲誰風露立更闌銷魂九月初三月已在風簷五度看

點絳脣

天上人間相逢別有傷心處拈花欲訴渺渺烟波暮　誰道重來搖落江南樹甚情緒冷香半縷簾外瀟瀟雨

喝火令

草色迷深院，柝聲隔短墻，刺桐枝外月迴廊，底事春花秋月，觸緒惱人腸。銀漢渡新雁，羅衣發舊香，回頭莫道不堪傷，道是無情，不合唱繁霜，道是丹心寸意，今日兩茫茫。

浣溪紗

直把他鄉作故鄉，飄零誰道不堪傷，天涯幾日又重陽。心爲傷多方仿佛，人因病久懶

薰香縱無風雨也凄涼

蘇幕遮

夜迢迢風淅淅燈影幢幢暗雨吹窗溼被冷香銷成轉側燗燗青眸望斷窗兒黑　悄無言愁不歇待不思量欲睡何由得蟋蟀床頭欺病客惻惻悽悽誤了東方白

鷓鴣天

落魄天涯意未降清樽猶理舊時狂身如斷

雁甘飄泊轉覺他鄉勝故鄉　花寂寂月茫茫人間何事有悲涼舊廂風月重相憶一闋悲歌莫斷腸

浣溪紗

一卷離騷一炷香親臨玉版十三行愔愔花外又斜陽　忽憶胭脂湖上路柳綿如雪月昏黃教人那得不思量

虞美人

春來人共垂楊瘦惆悵還如舊茜紗窗外又東風井上桃花似否去年紅　重來怕到相思地夾道垂楊碧舊時明月上羅襟回首數年踪迹數年心

鷓鴣天

落盡紅綿冷鷓鴣東風渺渺正愁予人間事事堪惆悵莫向春城問故居　寒嵴嵴雨疏疏天涯回首意何如至今酒醒詩成夜腸斷

当年一紙書

浣溪紗

明滅流螢草色稠箏床墜月捲簾秋凄凉往事憶從頭　當日心期唯有夢於今魂夢也無由凄風冷月舊紅樓

清平樂

西風徹夜誰是關情者正是去年時候也萬種傷心難寫　人間狹路相逢無言悔太匆

匆從此人間天上斷腸紅葉疏鐘

浣溪紗 用珠玉詞韻

寂寞園林小雨過月華如水洒烟莎微風吹皺一池波　酒醒更闌人散後隣家誰唱折新荷綠楊庭院夜凉多

蝶戀花

滿眼狂花兼亂絮爲怕傷情不過城南去細檢當年曾到處紅心草遍垂楊路　掩却重

門天色暮杜宇聲聲說道春無主此際閑愁誰共語黃昏又下廉纖雨

點絳脣

明月多情今宵爲照南溪路舊徑行處一片桃花霧　當日斑騅曾繫垂楊樹情難訴茫茫四顧烟月迷前渡

金縷曲

寂寞秋千院望晴空茫茫碧落星河如練一

水盈盈不得語釀就人天幽怨問愁較星河
深淺雨雨風風春事老看闌邊吹滿薔薇片
明月底憶初見　南人不奈胡沙遠況年來
鑯愁病酒瘦消一半我已天涯傷淪落禁他
薄寒輕暖問人間此情何遣一自笑桃人去
後黯消凝鏡裏顏偸換憔悴盡天不管

減蘭 有泰西名畫一人跪燭前作懺悔狀燭光明滅蠟淚重叠處誠靜默狀至感人晨夕展玩所觸萬端

心如紅豆慣把啼痕消永漏影事全非一寸

相思一寸灰　情天憔悴蠟燭有心同作淚
莫證前身無語低頭悟夙因
搖搖影裏萬緒如潮沈又起百感茫茫對此
更深哭一場　佛天不夜祈得皈依光界下
涅滅雙清願對慈輝懺此生

蝶戀花

門掩梧桐深院宇簾捲西風驀地添愁緒吹
落君山紅葉樹烟波浩渺人何處　一片雞

聲和夜雨小夢驚殘舊事渾無據淚眼看燈
燈不語風蕉窸窣涼如許

金縷曲

小院秋寒閉正凄清長空雁過蕭蕭風起想
正芸窗挑瘦燭别是悲涼滋味回首處總成
酸淚萬種低徊誰共語仗西風説與相思意
搔頭白長相憶　糢糊舊夢輕難記甚今宵
萬愁都在蕭蕭聲裏燭影摇摇光欲墜贏得

淚痕滿紙況兼是書成難寄秋雨秋風關塞冷念路旁垂柳知何似也應似人憔悴

浣溪紗

門掩東風燕子雙梨花翩粉上紗窗浣溪人在苧蘿江 染遍垂楊風意懶隔溪誰譜六朝腔小桃枝繫木蘭艭

種出垂楊一縷心千枝萬葉任銷沈緣何賺得淚痕深 歲歲春前常病酒梨花吹雪恨

難禁月明立盡綠楊陰

料峭春寒壓馬嘶風箏兜損小桃枝荼煙剛

襯雨絲絲　剗地東風欺客夢斜陽芳草耐

人思秣陵人老看花時

檢點春衫舊酒痕樽前燭底黯銷魂鷓鴣啼

處莫開門　夢又未成香又滅天涯能度幾

黄昏銀箏凄抑動春孿

相見歡

梨花謝了繁枝草萋迷聽徹杜鵑啼月小樓西　秋千靜轆轤歇耐人思不道今年今日續前詩

臨江仙　七夕大雨

天到于今天也淚淚痕洒遍人天流螢閃閃入疏簾綠窗人定風過觸箏絃　天上人間俱悵望針樓扶病懨懨繁霜唱徹碎歌鈿盒蛛絲斷誰與話纏綿

清平樂 以下十九年作

長空雁唳多少凄涼味階下梧桐和露墜滿地月華如水　前遊回首成空秋江冷落芙蓉此夕星辰非昨爲誰悵立西風

鷓鴣天

飛絮殘紅亂碧蕪秋千庭院月輪孤小樓昨夜東風緊簾外梨花吹落無　雲淡淡而疏疏東風佇立聽啼鴣此間無地堪沈醉欲覓

臨邛舊酒爐

采桑子

杜鵑聲裏斜陽暮獨上蘭舟獨上蘭舟別是天涯一段愁　殘月曉風何處也切莫回頭切莫回頭舟自前行水自流

荷葉杯

又見樓頭新月淒絕誰按小銀箏而今眞箇讓多情舊夢欠分明　往事已隨流水已矣

涼漏正迢迢詩魂酒胆黯然銷臥聽廣陵潮

如夢令

烟草江南夢斷又見月華如練同是去年秋人在梧桐小院誰見誰見淚溼羅襟無半

浣溪紗

柳籠桃嬌作晚晴踏花歸去馬蹄輕隣娃笑語隔墻聽　我是人間惆悵客歡腸縱有已成冰藥爐經卷過清明

菩薩蠻 遊頤和園

年年此地紅心草斜陽荏苒侵幽道三面藕花風闌干黯淡紅　悠悠湖水翠多少興亡淚無語對青山青山響杜鵑

浣溪紗

衰柳殘陽白下門秋來無處不銷魂最難消受是黃昏　空待碧天傳錦字莫將紅葉篆迴文新詞誰譜憶王孫

采桑子

小樓昨夜風兼雨淅淅颼颼淅淅颼颼作盡
離人心上秋　喚起四五年前夢欲說還休
欲說還休事到難言只淚流

減蘭

人間天上流水落花成梗悵紅淚偸垂回首
東風事事非　尋尋覓覓舊夢悲涼成追憶
切莫思量一度思量一斷腸

青眸燗燗淚落疏衾紅錦冷夢也參差無限
淒涼無限思　斷魂如絮萬水千山知何處
一別如斯個裏心情只自知

清平樂

杜鵑聲裏孤館春寒閉記得中宵常不寐諳
盡淒涼滋味　非關病酒悲秋緣何觸緒添
愁爲念明湖春水而今依舊東流

采桑子

落紅不是無情物飛遍江城難訴飄零化作
春泥護素馨　黃金未把名花鑄詞是春英
人是秋星一闋悲歌淚縱橫

菩薩蠻

長堤綠遍紅心草年來夢裏銷魂道花下捲
珠簾春寒細細添　清輝扶瘦影恨也無人
省日暮依闌干誰憐翠袖單

念奴嬌 聞雁

楚江秋晚正臨波顧影欲飛還駐半載故園消息斷却好待他歸訴殘柳梳霜荒蕪印月認取江南路瀟湘淚闊莫令烟水沈誤 怎奈錦字無多難把離愁付笛韵悠揚明月冷人倚珠簾深處霜杵敲寒風缸搖夢醸就秋情苦衡陽聲斷霜滿君山紅樹

清平樂 以下十八年作

薄寒似水只是和衣睡暮雨窗前滴晚翠似

我枕邊紅淚　傷心怕捲簾旌一庭飛絮風輕望到荼蘼花開錦書依舊無憑

浪淘沙　明湖春雨晚眺

雲壓佛山低遠樹凄迷點波雨細出魚兒更有鵝黃城畔柳萬點鴉棲　家住小橋西綠水成溪休將紅葉覓新題幾日東風吹淡了墻外紅梨

鷓鴣天

殘柳梢頭月上初蕭蕭落葉下庭除銷魂九月初三夜月似峨眉露似珠　秋院靜雁聲疏涼風天末意何如中宵扶病擁衾坐聽徹荒蕪城上烏

如夢令

入夜月斜寒重窗外暗香浮動懶起解羅衣淚溼枕函雙鳳無夢無夢聽徹梅花三弄

憶江南

小院靜獨坐鬱金堂惆悵秋深聞折柳笛聲
吹亂客中腸歸雁趁斜陽

蝶戀花

滿地梨花風色暝暮雨瀟瀟深掩重門靜病
酒懨懨鬢不整銀釭扶起伶俜影　往事淒
涼空記省隔院琵琶大小湘珠迸昔日吟儔
淘洗盡愁人一個今還剩

浪淘沙

小院靜無譁鄉念偏賒夢隨芳草到天涯時有新聲傳隱恨誰院琵琶　柳外夕陽斜閑數歸鴉春深遊客倍思家垂暮不知風意惡滿地殘花

一翦梅

莓苔綠遍去年痕蘭榭猶存玉砌猶存經年離索幾消魂月夜黃昏雨夜黃昏　紅藥香殘晝掩門風也頻頻雨也頻頻而今往事不

堪論花也如塵人也如塵

清平樂

落紅侵甃雨溼燕支透滿徑蒼苔人去後闌畔薔薇依舊　睡起雲鬢微偏燕泥輕打琴絃閑教玉籠鸚鵡楊花飛上瑤篇

虞美人

綠肥紅瘦青梅小香盡鶯聲老怕聽杜宇泣黃昏聽到月明時候倍銷魂　落紅鋪滿樓

前路淚也無彈處日來風雨自無情那解替
春憐惜到飄零

憶秦娥

風意惡老紅猶撲秋千索秋千索困人天氣
楊花飄泊 心情中酒還如昨倚樓人在眞
珠箔眞珠箔冰綃乍試薰風輕掠

江城梅花引

城頭碎柝已三敲夜迢迢雨瀟瀟又是跳珠

亂點滴芭蕉寂寞綠窗人一箇懷往事譜新詞似那宵　那宵那宵太無聊燈半挑香半消睡也睡也睡不穩聽徹瓊簫只有隔帷明滅一燈搖一夜落紅知多少春去也在江南第幾橋

如夢令

舟向亂荷中去隔翠乍聞人語不見來時花搖碎一溪香霧且借平住且住休驚半眠鷗鷺

浣溪紗

燕子秋千蹴落紅碾茶聲裏捲簾櫳玉人憔悴藕花風　珊枕偎來腮印薄玉衾睡久暖香濃黃昏倦理鬢雲鬆

虞美人

滿庭飛絮風無定搖碎梧桐影午吟小閣夢回時垂幕茶煙剛襯雨絲絲　玉鈎斜掛簾波軟寂寞紗窗掩階前誰掃落花紅只有多

情欵欵綠楊風

滿江紅

門掩蒼苔黯銷凝虫聲悽咽懶登樓玉闌依徧心情偏怯蟾影應知傷落寞瓊樓照徹經年別最凄涼蕉影上窗紗青燈欹　思往事柔腸結多少恨憑誰說悵秋千院落飛螢如雪庭榭寂寥人散後低迷烟草籠殘月任晝簾不捲玉鈎閑微風揭

蘇幕遮

柳絲長榴蕚吐點點胭脂點點胭脂露低下湘簾飛薄霧疏雨和愁疏雨和愁住　夕陽天芳草路總是銷魂總是銷魂處昨夜小樓風轉遽吹落花無吹落花無數

浣溪紗

畫閣垂簾捲落暉楊花散漫攪天飛遊人陌上帶香歸　風過偏吹幽夢斷春深總是素

心違碧闌紅煞小薔薇

百字令 蟋蟀

冰絃彈徹隔茜窗脈脈秋情低訴綠繡莓苔珠露冷腸斷王孫歸路鴛甃吟秋畫闌泣月別有愁無數疏衾夢斷聽來更覺悽楚　惆悵寂寞簾櫳寒砧斷續零雨蘅臯暮欹枕無眠挑淚燭添得淒涼如許薜荔墻陰梧桐井畔總是銷魂處已將愁絕那堪重入琴譜

更漏子

晚風斜吹杏幕病臥黃花池閣蛩韻裏恨悠悠離人心上秋　叢竹瘦涼欺袖錦被昨宵寒透新雨後碧苔深翠鈿何處尋

折新荷

低下湘簾茶煙輕罩銀鈎燕子歸來爲誰畫楝停留園林依舊多少恨欲說還休金猊香冷夢回月滿西樓　怕上蘭舟舟輕難載重

平

愁旅滯天涯幾經草綠瀛洲雕櫳寂悄銀屏畔燈影搖浮數年舊事此宵全上心頭

踏莎行

雁足無憑鶯聲不駐舊時別淚春衫汙闌邊又見薔薇開賞花人去今何處　殘月荒蕪斜陽遠樹淒涼幾許憑誰訴飄零俱是異鄉人茫茫望斷關山路

木蘭花慢

西風縱老去吹不斷此時情任秋淺秋深秋
寒秋暖秋雨秋晴凄清紘紘掩抑是誰家低
按小銀箏遠謫詩人老去冰紘莫訴平生
天涯涕淚一身行極目望歸程奈尊酒芳華
良宵明月瘦損蘭成飄零數點歸雁倩何人
寄語過前汀但賸荒烟幽翠西風吹作秋聲

玉連環影

無寐花影篩窗碎明月樓高諳盡凄涼味信

難憑夢難成只是賺伊開眼到天明

虞美人

殘花中酒去年病此恨與誰省春愁一夜亂如絲分付綠楊風定月明時　晶簾一片傷心白萬里關山隔東風畢竟有情無可能夜夜吹夢到西湖

念奴嬌　用稼軒韻寄韻西

危闌獨倚正烟柳斜陽斷腸時節病裏西風

吹夢去珊枕醒來猶怯池上芙蓉門前楊柳事事成輕別征鴻過盡此情誰替儂說 惆悵寂寞簾櫳數聲玉笛一鈎纖纖月每聽梧桐兼夜雨添却新愁千疊點苔露冷滿地黃花憔損無人折記否昔日摘來斜壓雲鬢

臨江仙 海棠花下作

庭院深深深人悄悄此情說與誰知落紅狠藉印苔泥闌干倚遍無地寄相思 欲向花前

謀一醉萬般心緒凄迷緑楊風軟見游絲茜
紗銀燭更是惱人時

[illegible][illegible]集

勘誤表

卷	頁	行	字	誤	正
一	七	八	四	上	下
一	十五	十	一	經	徑
一	二十五	十四	十六	結	借
二	一	十二	二	翠	花
二	五	七	二	晝	畫
二	五	八	十六	逄	逢
二	七	五	十	逄	逢
二	九	二	十	風	窗
二	九	七	五	尤	猶
二	九	十五		誤排爲雙調	後半闋應別作一行下調循例

將離集勘誤表 一

二	十一	十一	六	傷	傷
二	十一	十五	一	霄	宵
二	十二	十三	九	檣	檣
二	十六	十五	五	迥	迴
二	十七	二	九	逢	逢
二	二十二	十一	十	迥	廻
二	二十七	四	一	皴	皺
二	二十七	十二	十三	徑	經
二	二十九	十二	十	翮	翻
二	二十九	十二	十六	溪	紗
二	三十一	七	十五	而	雨
二	三十五	十	七	哦	蛾

張默君 撰

紅樹白雲山館詞草

民國二十三年（一九三四）邵氏叢刊本

提要

張默君《紅樹白雲山館詞草》

《紅樹白雲山館詞草》一卷，張默君撰，民國二十三年（一九三四）邵氏叢刊本。上海圖書館、南京大學圖書館、北京大學圖書館等有藏。前有邵瑞彭題簽，並有民國二十三年邵瑞彭序。

張默君（一八八四—一九六五），原名昭漢，乳名寶嫘，字漱芳，南社詩人，湖南湘鄉人。父親張伯純，又名通典，前清舉人，曾協助曾國荃督辦兩江學務，一九〇五年加入同盟會，民國成立後任臨時政府内務司司長，後任總統府秘書，一生著述頗豐。母親何懿生，字承徽，出生衡陽望族，通音律，擅詞藻，博古通今，有「海内女師」之譽。張默君自幼家教開明通達，及長，畢業於上海務本女校，後創辦《神州女報》，並任神州女校校長。一九一八年留學美國哥倫比亞大學學習教育學。回國後任江蘇第一女子師範學校校長。一九二四年，四十一歲的張默君嫁與戀愛多年的邵元沖。邵元沖（一八九〇—一九三六），曾任國民黨中央宣傳委員會主任委員。婚後夫妻舉案齊眉。一九二七年國民政府成立後，張默君歷任中央政治會議上海分會教育委員、杭州市教育局長、南京考試院考選委員會專門委員、國民政府立法委員、國民黨南京市黨部監察委員、國民黨中央監察委員、考試院法典委員會委員等職。一九四九年赴臺灣，一九六五年因胃癌於臺北去世。張默君不僅是民國時期的教育家、民主革命家、女權運動者，同時又喜愛詩詞，著作除《紅樹白雲山館詞草》外，還有《白花草堂詩》《玉尺樓詩》《正氣呼天集》等。張默君詞内蘊深遠，用詞雅致，詞筆精煉。於詞境而言，不同於傳統的女性詞創作，其詞已有了較爲開闊的視野，突出表現在兩點：其一，得益於她的海外游歷，她的眼界不僅是中國的，更是世界的，有了超越國界的歷史感悟，如《浪淘沙·歐戰後過法梵薩依宮》，將戰争帶來的傷痕與歷史興衰哀思融合，傳遞出傷感與凄涼之意。其二，得益於良好而開明的家庭教育與新學教育的影響，她突破了傳統閨秀内言不出的藩籬，提倡女學，積極創辦報刊，在公共媒介發聲，爲女性思想之解放而努力，體現在創作上，眼界博大，社會政治與國計民生均成爲她觀照的對象，如《金縷曲·乙丑重九，時奉直方弄兵江南北》，打破詩詞之界限，直面軍閥混戰的現實，抒發己之憂憤，體現出憂國憂民和反戰情緒。另如《水龍吟·金陵懷古次伯秋韻》等詞也抒發了興亡之歎和憂國之思。陳三立贊張默君詞「雅足以稱其詩，小令近陽春歐晏，慢詞近白石西麓，舉凡北宋傖率之蔽，南宋刻鏤之習，靡不揃摵且盡」（邵瑞彭《紅樹白雲山館詞草》序）。

紅樹白雲山館詞

甲戌夏中
瑞彭

次公

南江邵氏

序

永明以前詩無定律隨意謳詠悉可被之弦管唐世今體區萌法度益密字必麗以宮商句必審其單復宜乎篇篇中節章章應歌矣然而司樂所收律詩獨尠於是雅詞興焉昔人命詞曰詩餘蓋其和聲成文導源比興語殊修短音分緩急孰高隱顯體別柔剛調異舒慘雖繩尺難違而趨舍由己極陰陽神變之妙仍復自娛隱栝之中因思宋賢自署詞卷往往徑標樂府或云樂章似欲振臂敓律

詩之席矣夫成孝敬厚人倫媄敎化迻風俗則詞不如詩發攄性情頫卬治亂登高臨遠流連景物則詩不如詞五季以來蓋有壹志倚聲而詩名無聞者至於詩人爲詞斷無弗工更無弗傳遠稽所聞之世典記葡存奚煩護計今試盱衡所見之世允當引默君先生爲明證矣默君龔承家學早饇慧名驚采壯志轔轢今古恢奇之致託始童年既而挂席名山敂舷西海論政隫室校士棘闈拾屈宋之香草則青要乘弋拱其指撝聽湘靈之瑤

瑟則海水天風答其幽響按拍而玄鶴罷飛擘牋則明月在手世人望之若神僊中劉樊葛鮑之疇而默君精思所寄一納之詩若詞其詩散原老人序之其詞雅足以稱其詩小令近陽春歐晏慢詞近白石西麓舉凡北宋傖率之蔽南宋刻鏤之習靡不揃搣且盡譬之烰丁奏刀音中桑林之舞沈丘秉羽氣遏郢人之鋒匪惟才之高抑亦學之純繼聲制氏抗蹤大晟豈不宜哉默君以瑞彭略習聲詞寄詞稾見示不意其必傳之作因爲之刊版

默君本非常人值此非常之境復葆此非常之才之學求諸彤史絕無倫比癸酉秋默君典試河南瑞彭曾有下筆眞教數典難之句世有善知識慎勿以古來閨秀相提並論庶幾可以讀默君之詞矣民國二十又三年夏初邵瑞彭

紅樹白雲山館詞草

南江邵氏叢刊
湘鄉張默君

夢江南

春乍曉，千疊展晴嵐。空翠撲簾鶯亂語，玉谿紅煮杏花憨。一笑夢江南。

長相思

天茫茫，海茫茫。碧海青天秋欲霜。月明人一方。　行思量，坐思量。浩蕩靈脩那得望。紉蘭哀怨長。

如夢令

芳草天涯消歇又被東風吹發芍藥乍籠煙
正是將離時節愁絶愁絶香鎖一庭紅雪
綺陌韶光如霧杜宇催人歸去歸夢到江南
惆悵杏花春雨凝佇凝佇江上片帆猶阻
水榭月明人静花露滿身香冷試撫玉琴清
流入閬風尤勁誰聽誰聽瘦盡碧梧秋影
記得送君南浦長是黯然情緒秋水碧於煙
獨卧畫船聽雨容與容與人在藕花深處
紅豆剛隨春展便是海遥天遠璧月媚清波
莫問盪愁深淺凄怨凄怨依舊鶴依梅戀

雲濤萬花銜淚日落孤城深閉涼吹滿松林
微度鐘音僧寺無寐無寐山外月華如水
弄玉倒騎青鳳月姊笑迴瓊鞋花雨徧華鬟
補得天衣無縫澒洞澒洞一片海雲如夢
跋浪巨鯨爭怒潛鼇瘦蛟齊舞一舸拍天浮
那管御風何所仙去仙去手抱冷蟾飛渡
依舊山容水態祇是朱顏都改俯仰倦風雲
纔信年光無賴天外天外遥指亂愁如海
天予此生瀟灑不負俠奇騷雅七尺碎珊瑚
中有淚珠盈把行也行也濁世恩仇無價

謁金門

自美渡大西洋之歐舟中對雨

光不定飛去飛來雲影空翠溼衣靈雨冷煙波千萬頃　欲脫寶刀誰贈除卻詞仙詩聖誰意但丁舉首放歌淩碧溟魚龍潛出聽

法醫俄

浪淘沙

歐戰後過法梵薩依宮

絕徼亂離中來去匆匆賽因河上想雄風霸業已隨流水逝贖有離宮　殘照曉霞烘戰血猶紅一場春夢了惺忪誰與江山添淚點

點點哀鴻

又

戊午夏逭暑東美銀灣雨餘挈伴棹

舟湖上素波如練山翠照人異域風

光感懷去國爲賦此闋即次祉英寄

懷均

雨後景堪憐山抹涼煙一艭盪碎鏡中天天

外平蕪青未了遠道綿綿　溼翠撲瑶鈿綠

損朱顏無端清怨到眉尖故國湖山猶健在

歸去何年

憶蘿月

綠萼

馨魂何許碧海迢迢路綠破詩痕無覓處夢與翠禽雙住　多情古月誰知年年來照相思竹外一枝幽絶天風吹下瑶池

浣紗谿

菊

豈有風霜敢見欺東籬勁節自禁持人間纔信有高枝　一縷幽馨曾入夢十分清豔轉無詩月明遥夜最相思

婀娜天風落古香瑩葩暎葉發華光脩然三
徑總清涼　江上一廬吾自愛由他浩刼幻
紅羊與君偕隱白雲鄉

澹沱煙光媚古村茫茫碧海夢無痕心頭長
此貯秋痕　澗底青松高士傳山中脩竹美
人魂一般傲骨在乾坤

秀色蕨薇那忍餐半天風韻散高寒澹煙疎
雨畫中看　莫道伶傳吟影瘦屏開小玉見
南山會心原不止陶潛

一　虞美人

金陵懷古

秋沉鐵甕山凝碧形勝今非昔故宮憑處只荒涼禾黍離離回首黯神傷　六朝金粉融春雪搖落秦淮月寒煙衰草亂江潮幾代興亡閒話付漁樵

黄金縷

之子肝腸皎似雪臂血凝香染就秋羅結間來高奏湘靈瑟餘音激楚寒琨裂　遙憐蕉萃損黄髮鏡裏橫波含情凄欲絕時有清芬書底發素心共證幽蘭潔

不辭清瘦寒梅樣。猶託微波強報儂無恙。苦雨酸風天弗諒，幽憂都爲離人釀。　長空縹緲橫青嶂，意是匡廬不見神仙狀。雲水蒼茫遮遠望，倘佯一舸何由訪。

青玉案

仲秋紀夢

浮槎何處神仙侶，直欲御風歸去羣玉山頭憐再遇，月波迴雪，花靈飛素，幽絕攜遊處。雲龢吹徹愁千縷，珍重休將別離賦，一笑問夫天不語，玉鸞縹緲，碧峰無數，人在清虛步明河瀉地愁無語祇細把踈星數夢到靈山天欲暮一襟秋意瀰空花雨瘦入詩魂去霜華醉遍相思樹冷豔淒紅渺難據藉問孤懷深幾許寂禪微證慧因千古惟有鐙知故

漁家傲

七夕

浩淼銀河年一渡新愁舊恨從頭數夢墮天風秋欲曙銷魂處碧雲迷斷歸來路　清淚幾行難付與釀成叢桂淒馨露脩到神仙徒自苦君否悟人間何地相思訴

笑指長空懷渺渺牽牛也爲鍾情老密網自
投還說巧恁撩倒塵寰未必彌煩惱 斜日
一鈎輝滿抱無窮哀豔都鉤了醉筆橫搖星
斗皓歌且嘯海天萬里秋容好

燭影搖紅

壬戌秋偕雯掀鴻璧雨岩淑嘉重泛
西子湖並憶翼如海外

一舸煙波試來認取閒庭院月痕潭影自空
明印慧禪深淺笑問此心何戀送飛鴻頻迴
倦眼好風吹袂瑶碧長天秋容如浣 幾點

湖山古歡今怨知何限無邊鏡水倚蒹葭休悵伊人遠已隔萬紅塵軟且忘機詩懷共健俊游堪憶莫管神州風雲千變

離亭燕

始游花塢

仙境橫天縹緲迴絕人寰初到欲寫秋魂無著處畫意詩情相照玅想忽通神飛入蒼煙青篠　雲外疎鐘侵曉石上幽泉鳴好清美是吾歸隱地卻恨出山何早幾闋試新聲付與山靈吟獻

桃源憶故人

西谿觀蘆花

扁舟浮入西谿曲　一片煙波松竹打槳行歌
相屬唱澈千山綠　涼颸嫋嫋揚清穆秋雪
連天翻玉應有蘆中人獨感此秋高肅

風入松

自題西泠幽篁深坐小影

閬風敲玉散輕寒萬个擁琅玕更憐瘦石無
言好慰幽獨爾我皆頑對此初禪微證悠然
天地同寬　浮生難得是蕭閒斯境隔塵寰

鬘因倦撫還如夢把當年鴻雪重看爲惜湖
山嫵媚故留清影人間

浣紗谿

小隱閒情總自持最憐山月照遐思一聲孤
雁早寒時　幾處高樓眠不得霜鐘敲夢入
簾遲起來還訴影兒知

一片秋魂兩地愁寒蟾無語下西樓儘留清
影在心頭　顛頓天涯何事醉中年豪氣恁
難收酒邊遮莫看吳鉤

三尺瑤琴獨自彈徽音鳴澈白雲端可憐流

水與高山　縹緲蓬萊何處是玉璫青鳥爲
誰探瀰空花雨夢天南
舊種蟠桃幾度開銀河千尺接瑤台破空明
月忽飛來　知道仙凡都是幻莫將頑豔逗
奇哀春蠶成繭又成灰
漫道蘭成已倦遊月明更上五湖舟者番收
涕一憑樓　入眼塵勞誰拾檢江山銷盡古
今愁西風吹夢又千秋
嫋嫋秋風欲斷魂紉蘭蓉芷泣靈均個中幽
怨嚮誰論　弱水三千何可渡麻姑終竟是

天人笑看東海自揚塵

明月生南浦

題碧海青天集

一碧秋容開倦眼匝地銀波融入愁深淺如此江山成獨遣天涯自有人淒怨　十二雕闌簾不捲玉宇高寒已隔紅塵遠滄海風雲看萬變狂來倚劍吟千遍

自古佳人多愛月碧海青天此意同高潔萬語纏綿情未竭獨憐嘔盡心頭血　海上靈輝天上佛作者自序兒時呼月爲佛如夢悲歡端不因圓

缺悟到空明愁便歇拈花一笑爲君說

齊天樂

甲子冬月夜渡珠江偕翼如作

坡仙小謫原游戲南溟快餐瓊荔踏嶺尋梅乘槎酹月都是才人勝事橫空鶴唳正倦旅驚心共攜危涕髯趙豪雄只今霸業與波逝清狂漫成蕉萃記羅浮照夢朱萼凝睇玉雪襟期春風彩筆別有遥情難寄干戈滿地算如此江山甚時偕至一舸流光泝千灣寒翠

菩薩蠻

甲子秣陵冬莫懷翼如宛平

別來顦顇知多少詩魂瘦入燕山渺賦就怕登樓煙波無限愁　音書千里斷倦撫風雲亂孤雁一聲聲幽人那忍聞

名圖記賞雙鴛浴藕花瀲灩明紅玉曉露溼銀塘暖香迴夢長　月光同皎潔底事生圓缺嶺海忽燕雲雲端時憶君

月窺瓊樹霜橫地無言綠萼馨相記疎影媚殘粧靜宵分外長　洞仙歌獨調心字香輕

裊香盡惜餘煙低徊不捲簾
天南地北屢圍減等閒拋卻春無限好夢又
闌珊鴛衾憐薄寒　淚波紅蘸鏡花月相輝
映花下立多時此情明月知
溶溶梅月紅墻角香波掩映雙棲鶴梅自澹
芬芳微憐鶴夢涼　襟期原玉雪冰雪爲卿
熱素抱契靈襟悠然天際心
十三年已輕離別者番何事愁如結會少總
離多有涯生奈何　江南春訊早綠到長干
草紅豆奪燕支相思知未知

疏影

乙丑春徐園探梅聞笛寄懷翼如

行吟舊徑歎八年不到風物幽勝春迴微波幾樹橫斜猶壓一池香冷輕飈忽颭花間笛韻斷續淒馨無定漫拚將萬斛騷愁付與玉龍哀哽　詩夢重温未已又鸞飄鳳泊地遠天迴撫徧鴻泥立遍亭林曾記慧因初證瓊枝折得何由寄祗合伴心頭清影卻瞻恐明月飛來攝入碧寒仙境

步蟾宮

乙丑春孟與同學蒨玉鴻璧社英蕙
楨硯耘雅集徐氏雙清别墅時江浙
戰禍甫已
風雲漫說驚千變儘消受山温水輭悲歡過
眼總成空看此日騷壇誰健　韶光爭似當
年豔也贏得月依梅戀醉來和月擁花眠任
香雪一天都滿

驀山溪

乙丑秋懷冀如張垣

水光山黛秋色沈天外鐵騎犯新寒儘逍遥

雁門紫塞淞波千里涼月度高樓窺簾再朱顏改柰爾團圝態　遠書緘淚別恨盈盈在倦鳥怯孤飛莽烽煙亂愁如海金飈捲地何事恁關懷清吟怠無人解詩夢連宵怪

浪淘沙　瀟湘八景用板橋均

瀟湘夜雨

春漲覺輕寒萬籟無喧蒼茫一舸動幽歎永夜遥情何處寄臥聽更殘　曉霧媚前灘亂瀉銀瀾笑吞雲夢氣能寬瀅翠横江飛不起又到君山

山市晴嵐

新霽倚風恬淑景平添萬峰綠意欲浮天漫感天涯芳草遍黛潑春田　遠樹尚含煙日影初鮮有無山色望中妍卻憙淺深都入畫渲染天然

漁村夕照

雲濃遠山遮陣陣歸鴉漁歌浩渺落江沙人海滄桑渾不管高臥仙霞　何事隔天涯斯境幽佳清谿環繞幾人家樹影迷離紅到水錯認桃花

煙市晚鐘

晚翠墮崖巔一抹涼煙無情楚水碧無邊何處疏鐘驚倦旅淒斷寥天　峭壁瀉飛泉寒玉潺湲鬢絲禪榻避詩傳誰禮空王來古寺佛總無言

遠浦歸帆

目極洞庭波紅葉聲多影帆零亂壓山坡鄉思正隨秋水濶日又西趖　日暮奈愁何歸計蹉跎故園風物想清和三徑不知荒也未最憶松柯

平沙落雁

秋色冷晴沙遥落飛霞翩翩銀翼靜無譁陣影驚寒横斷浦夢瘦蘆花　塞北路偏賒芳訊天涯燕雲深處是伊家萬事不如歸去好試問還鴉

洞庭秋月

鐵笛破高秋獨倚樓頭西風嫋嫋白雲稠仙子已騎黄鶴去莫捲簾鉤　明月湧波流萬里煙收詩魂飛挾洞庭浮呼得月娥瓊駕出伴我神遊

江天莫雪

寒意動三湘雲凍天黄最憐繁豔一齊僵惟有空山斑竹在孤節猶揚　梅送隔谿香驢背狂郎瓊瑤踏碎晚江傍歸載半囊詩思泠路失横塘

解珮令

孤山弔曼殊上人

冷香微度閶風清吹把斯人哀豔都韜閟畫癖詩魔算試足塵寰遊戲最傷心緇衣紅淚三分貞誼二分癡骨且還多一天靈氣斷

雁零鴻早淒透離憂肝肺嚮名山獨參空慧

金縷曲

乙丑重九時奉直方弄兵江南北

曉角聲哀徹恰重陽又逢陽九縱橫金鐵憔悴山河憐畫稿長是一家秦越空負了地靈人傑霜飽紅萸秋未老怕登臨淚灑新亭熱千萬恨共誰說　西風浩蕩思天天不甚梟雄彭城戲馬漢皐竿揭堪笑觸蠻蝸角上一例壓沙倏滅祇贏得四方枯骨舉目荊榛惟猖飲漫題糕嘔卻心頭血聽江水恁嗚咽

翠樓吟

棲霞看紅葉寄懷翼如

謖謖松濤，泠泠竹韻，天風盪吾幽慮。峰迴寒澗外，忽疑入、武陵源路。霜華流素。甚一片明霞，迷谿烘樹。愁無語。蔦驚紅斷，乍來時處。　可慕。高遯名山，只泠泠隨秋，豔不妨春妒。六朝歌舞罷，算看了、興亡無數。江南誰賦。憶萬樹低壓，羣花飛雨。人歸去。玉波難載，斷腸詞句。

又

秋莫雨中望鍾山用白石均卽酬瞿

安宗霍

宋玉哀吟靈均古怨瓊瑤感君紛賜風雲迴
倦睞且聞共詞仙清吹名山雄峙看隱隱蟠
龍濛濛飛翠嵐光麗霧中明滅雁行斜細
斫地叫起秋魂令曼歌嬌舞步虛游戲庾樓
孤嘯起悵笳鼓烽煙千里離憂情味待盡挽
銀河横銷兵氣碧天外曉來還賞破空新霽

又

白門秋夜聞笛懷冀如西山香雲旅
社用瞿安均

嵐影浮空江楓照夢娟娟美人天際臨風何處笛恁哀入凄清秋氣西山遙睇奈碧海瀰愁青萍彈淚吟鄭寄馥雲深護獨憐顦顇。卻記春滿錢塘共訪幽呼艇射潮馳騎景光還互惜誓鄉國瘡痍同理生逢今世漫刊落豪情消磨英氣砧聲碎月華初好倦游歸未

水龍吟

金陵懷古次伯秋均

蔣山千古嵬巍金陵王氣隨朝露景陽鐘歇燕支井涸更誰歌舞幾處悲笳滿城寒照一

谿紅樹憙清涼境在襟期似雪還悟嚮空明
路　淒絕蘭成何事任滔滔大江東去中山
偉業莫愁香史悲歡無數說甚興亡玉秋如
畫憑君攜取問人間何世風雲倦撫正長吟
處

又

莫愁湖寄懷鴻壁疊前均

莫愁爭奈多愁鬱金堂畔淒風露珠簾塵涴
玳梁月落燕窺鶯舞碧水無情藕絲牽恨暮
煙迷樹歎六朝豔蹟兩京霸局只夢瘦湖邊

路　地北天南甚事笑閒雲孤飛來去春風
彩筆寥天高闊人豪漫數如此江山懷人憂
國斷腸奚取記明年嫩約相攜泛艇鬱花深
處

又

偶成再疊前均

平生哀感雄奇驚人何必文章露太玄在抱
靈光照宇潛蛟欲舞未老蘭成無邊生意漫
傷枯樹惘人天沉醉獨醒自惜待打疊清明
路　漢殿秦宮何許甚衣冠沐猴來去高歌

易水吹簫吳市酸辛無數幾見屠沽偶傾肝膽死生留取試登臨放眼神州莽蕩總銷魂處

玉簟涼

冬夜夢與亡友陳擷芬話舊天上情景甚奇感依此調次瞿安均

晶箔飄鐙正夢瘦梅花月浸空庭霜鐘搖古怨況雪意沈冥紅牆銀漢縹緲舊閬苑髣髴曾經雲路冷甚玉鸞嘯處哀斷長更　平生當筵說劍浮海賦詩遊俠肯誤狂名魚龍看

變幻指弱水羶腥青城幽話未已忽化鶴足
亂繁星花雨外嚮九天橫展脩翎

翠樓吟

曉起對雪再用瞿安均

夢墮清虛馨還綠萼瓊瑤盪空無際纖塵何
處著但一片晶瑩朝氣江湖凝睇有孤鶴驚
寒哀猿嘯淚愁誰寄玉壺依舊冰心垂瘁
總記瀟灑當年也訪梅攜月尋詩揚騎海天
高臥久笑詞筆春風慵理蒼茫斯世待撥亂
弘才迴戈生意吟魂碎歲寒懷抱許人知未

攤破浣紗谿

丙寅春孟對案頭水仙懷冀如海上

石子無言悟淨因芙蓉清水認前身還與臞儒惜蕉萃伴黃昏　羅襪踏明湘浦月夢痕緣破曲江春孤坐對花花似惱暗銷魂

浣紗谿

登五老峯偕藕舫冀如

五老飄然一笑逢寥天削出碧芙蓉秋魂扶起亂雲中　遙睇含鄱開倦口含鄱口在峯之左遥對大湖蒼茫煙水古今同半輪湖月照還空

又

廬山黃龍寺觀娑羅寶樹樹爲晉釋曇詵手植高數十丈碧蔭廣十畝洵奇物也並游黃龍潭偕俠魂藕舫翼如

寶樹淩霄認晉曇滄桑不礙綠天寬涼雲十里悅初禪　出谷幽禽歌窈窕懸崖瓊液瀉清甘羣仙小戲玉龍潭

鳳凰臺上憶吹簫

中秋懷翼如漢皋用漱玉均

菊滿東南桂飄湘漢舊時明月當頭甚月腴

人瘦怕捲簾鉤待叩姮娥消息青旻遠欲問
還休無邊恨應知不是病酒悲秋　休休者
番去也打疊了雄心沒計攀留悵烽煙天半
黄鶴高樓算有多情江水長照爾千里回眸
江流處那堪仍聽鶴怨猿愁

念奴嬌

重陽前三日侍　母大人泛舟后湖
懷五妹九弟宛平雨岩雄弟瀋陽冀
如六弟湘漢並簡八妹淞濱

石頭城外又金飈吹出水明山秀浩淼湖光

天一色冷浸吟魂清瘦萬頃殘荷三汀新蓼涼豔生襟袖蘆花風起濛濛秋雪如繡　笑擁白髮詩仙母大人箸有儀孝堂詩集扁舟縹緲高唱蘭舷扣宛若垂髫依膝下況是亂離時候紫塞悲笳碧湖洲孤雁天末應回首燕雲千里那堪更近重九